LOS GEMELOS TAPPER

LA LÍAN
EN INTERNET

CONSEJO BÁSICO DE INTERNET: ¡NO LE DES NUNCA TU CONTRASEÑA A NADIE! (Aunque sean amigos tuyos y parezca que no vaya a pasar nada)

PRIMERA TRAKA DE MI PADRE (colgada sin querer)

LOS GEMELOS TAPPER
LA LÍAN EN INTERNET

DICCIONARIO

🔍 trol   ✕

trol: m.
persona que cuelga adrede comentarios ofensivos en Internet para molestar, ofender, hacer enfadar o provocar a otras personas.

15.444.602 TRIKS

OMG KROKETTA333 ME A RTK Y TENGO UN MILLON TRIKS!!!

SÍ Q PASA, REESE. Tendremos q borrarte la cuenta

A AMENAZA PELUDA (n.º 37 de 37) (toma final)

GEOFF RODKEY

217 SEGUIDORES — Claudia

Reese → 21.088 SEGUIDORES

¡PLAAAAAF! #MetaWorld

RBA

Título original inglés: *The Tapper Twins Go Viral*.
© del texto y las ilustraciones: Geoff Rodkey, 2017.
Publicado de acuerdo con Little, Brown and Company, Nueva York,
Nueva York, USA.
© de la traducción: Isabel Llasat Botija, 2018.
© del diseño de la cubierta: Liz Casal. Adaptación de la cubierta: Compañía.
© de esta edición: RBA Libros, S.A., 2018.
Avda. Diagonal, 189 - 08018 Barcelona.
rbalibros.com

La página 243 constituye una ampliación de esta página de copyright.

Primera edición: marzo de 2018.

RBA MOLINO
Ref.: MONL409
ISBN: 978-84-272-1269-5
Depósito legal: B.1806-2018

Impreso en España - *Printed in Spain*

CRÓNICA DE UNA SERIE DE COSAS VERDADERAMENTE
FLIPANTES QUE NOS PASARON A MI HERMANO Y A MÍ
EN INTERNET. INCLUYE CONSEJOS ÚTILES SOBRE
QUÉ HACER EN INTERNET

(¡¡¡Y QUÉ NO HACER!!!)

recopilada como servicio público
para otros chavales de nuestra edad por
CLAUDIA TAPPER

a partir de entrevistas a:
Reese Tapper
Sophie Koh
Xander Billington
Carmen Gutiérrez
Parvati Gupta
James Mantolini
Jens Kuypers
Akash Gupta
Athena Cohen
Wyatt Templeman
Kalisha Hendricks
Toby Zimmerman
Dimitri Sharansky

y los que me pueda estar olvidando

Para más información, diríjanse a:
Claudia Tapper
Instagram: @claudaroo

ÍNDICE

PRÓLOGO

CLAUDIA TAPPER, autora de este libro/ presidenta del curso de primero/futura cantautora

Si lo pensáis un poco, esto de Internet es bastante alucinante. Básicamente, es una red enorme que contiene a toda la humanidad. Además de un montón de fotos de gatos.

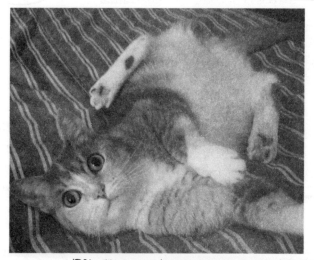

¡POR FAVOR! ¡QUÉ MONÍSIMOOO!
(He puesto en Google "gatitos" y salen 23.000.000 de resultados)

Pero no TODO en Internet es bueno.
Porque no toda la humanidad es buena.

De hecho, parte de la humanidad es
oscura, horrible y perturbadora.

Por eso hay que tener MUCHO CUIDADO con
lo que se hace en Internet. Por ejemplo, si
clicáis el enlace que no toca y descargáis
un virus… podríais cargaros por completo
vuestro ordenador. (Esto le HA PASADO DE
VERDAD a mi abuela.)

CONSEJO BÁSICO DE INTERNET:
Si no estás 100 % seguro/a de
dónde procede un enlace o archivo
NO HAGAS CLIC EN ÉL
(o podría invadirte un horrible virus)
(como le pasó a mi abuela)

Y, si os descargáis lo que no toca o
colgáis algo que no deberíais colgar y se
vuelve viral… podríais cargaros por completo
vuestra vida.

Si os parece que exagero, estáis
equivocados. El mes pasado fui testigo
directa de algo así. Y decidí escribir esta
historia para advertir a otros chavales de
lo que NO se puede hacer en Internet. Si
seguís los «Consejos básicos de Internet»

incluidos en este libro, a lo mejor os ahorráis aprender ciertas lecciones a las malas.

Como le pasó a mi hermano.

(como la de los virus en la pág. 2)

REESE TAPPER, adicto a los videojuegos/futbolista/víctima de desastre en Internet

Nunca me había pasado algo TAN TAN zumbado. ¡Y tan deprisa! Fue como estar tan tranquilo jugando a MetaWorld, sin meterme con nadie, en plan «La, lará, larito, aquí estoy yo solito…».

Y, de repente, ¡PATAFLAF!

Fue como si me lanzaran al espacio en un cohete. ¡Al principio era superguay!

Pero después el cohete explotó.

Por eso da miedo Internet. Puedes acabar frikado en mil pedazos sin salir siquiera de tu habitación.

no existe
(se lo
ha inventado
Reese)
(lo hace mucho)
(cansa mucho)

Internet = árbol

Reese = coche

NUESTROS PADRES (Mensajes copiados del móvil de mi padre)

MAMÁ →

Claudia está escribiendo otra <u>crónica</u>   = entrevistas con todos los implicados

Dios, d q va ahora? ← *PAPÁ*

Toda la pesadilla d Internet

Me parece bien

En serio???

Claro, puede servir de lección

Parecerá q no nos enteramos
d lo q hacen nuestros hijos en Internet!

Y q? Le pasa a todos los padres

YO TRABAJO EN UNA EMPRESA
TECNOLÓGICA. SE SUPONE QUE
ME ENTERO DE ESTAS COSAS

*si estás leyendo esto
y trabajas con
mi madre,
ES UNA PROFESIONAL
MUY BRILLANTE QUE
DOMINA
TODOS LOS TEMAS*

Pues procura q ningún
colega tuyo lea el libro

CAPÍTULO 1
CREO QUE ACABO DE COMPONER UN GRAN ÉXITO

CLAUDIA

Todo empezó el día que compuse una canción. La colgué en Internet porque quería que se hiciera viral y la escucharan millones de personas y se convirtiera en un gran éxito mundial.

REESE

Básicamente, intentabas hacerte famosa.

CLAUDIA

Supongo que sí. Pero no a lo bestia. No soy una de esas personas obsesionadas consigo mismas y desesperadas porque les hagan caso, y que cada día hablan en MiTubo de los zapatos que llevan, su nueva laca de uñas o cómo el perro les ha vomitado en el coche de camino al veterinario.

ANNA BANANAS: la mitubera más inaguantable
de MiTubo (13.000.000 de seguidores) (¡uf!)
(el episodio de su perro vomitando era ASQUEROSO)

¡RING! ¡RING! ¡RING! ¡BANANÓFONO, LOL!

AnnaBananas   3.385.204 **visualizaciones**

En mi caso solo lo hago por mi música.
A mí solo me interesa hacerme famosa por crear
canciones increíbles que la gente
adore. Y me esfuerzo MUCHO para
conseguirlo. Llevo casi tres años
con clases de guitarra y procuro
practicar una hora diaria.

(o por salir elegida
presidenta de Estados
Unidos, pero eso
es otra historia)
(que puedes leer
en LOS GEMELOS
TAPPER QUIEREN
SER PRESIDENTES)

REESE

Estás mejorando mucho, de verdad. Antes,
cuando te oía practicar, pensaba: «¿Está tocando
la guitarra o se ha puesto a masticar las
cuerdas? Porque eso NO suena a música».

Pero últimamente pienso: «Mira, eso hasta parece una canción».

CLAUDIA (sarcasmo)

Gracias, Reese. Me alegra MUCHO saber que no piensas que suena como si estuviera masticando las cuerdas de mi guitarra.

REESE

Más me alegra a mí. Mi habitación está al lado de la tuya. Y las paredes son delgadas.

CLAUDIA

Por si no lo sabéis, Reese y yo vivimos en Nueva York. Eso es muy inspirador, porque aquí han vivido MUCHOS cantautores famosos. Por ejemplo, John Lennon, de los Beatles, vivía a tan solo trece manzanas y media de nuestro piso en el Upper West Side.

EDIFICIO DAKOTA: muy famoso porque ahí vivió John Lennon

nuestro edificio no famoso está 13 manzanas y media hacia allí

Y, según la web ¡OMG, Famosos Sueltos!,
la cantautora que más admiro y admiraré
en toda mi vida, Miranda Fleet, acaba de
comprarse un piso en el centro por 20 millones
de dólares. O sea, de locos. Digo yo que por
20 millones de dólares deberían darte todo el
edificio.

PISO DE MIRANDA FLEET DE 20 MILLONES DE DÓLARES

¿salón de 5 mill. $?   ¿cocina de 3 mill. $?   ¿baño de invitados de 2 mill. $?

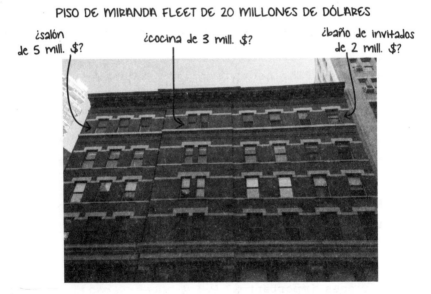

Total, que además de esforzarme mucho
con la guitarra, últimamente he estado
componiendo un montón de canciones. La que
colgué en Internet, *Molino de viento*, era la
décima que escribía aquella semana.

Y es que cuando tengo sentimientos a flor de piel y no sé qué hacer con ellos, los pongo en las canciones para aclarar las ideas.
Y aquella semana sentí mucho dolor emocional. No voy a contar por qué, ya que es personal y no le importa a nadie.

SOPHIE KOH, mejor amiga de Claudia
Claudia, ¡TIENES que contarlo! Todavía te hace daño por dentro, ¡necesitas sacarlo!

PARVATI GUPTA, segunda mejor amiga de Claudia
¡Claro que sí, Claude! Y no solo eso, tienes que dejar bien CLARO lo absolutamente cruel que fue Jens contigo.

CARMEN GUTIÉRREZ, otra segunda mejor amiga de Claudia
Ahora en serio. ¿Verdad que este libro lo escribes para transmitir a la gente lecciones importantes? Vale, ¿pues sabes qué lección megaimportante deberían aprender todos los chicos del planeta?:
«¡NO ROMPAS CON ALGUIEN POR MENSAJE DE MÓVIL!».

CLAUDIA

Vale, vale. Hablaré de cuando rompimos. Pero solo un segundo.

PARVATI

¡Eso no es nada! ¡Debería ser un capítulo entero!

SOPHIE

¡Qué menos! Tienes que dedicarle un capítulo.

CLAUDIA

¡Buf! Vale.

CAPÍTULO 2
JENS KUYPERS
ROMPIÓ CONMIGO
POR MENSAJE DE MÓVIL

"Jens" se pronuncia "Yens" (es de Holanda) (donde la J se pronuncia como la Y)

CLAUDIA

Jens Kuypers y yo salimos unos cuatro meses. Nuestra relación se había ido estrechando, por lo que creía que lo conocía como persona.

Por eso me quedé básicamente deshecha cuando recibí un mensaje suyo el martes por la noche en el que rompía conmigo como de pasada.

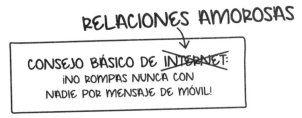

RELACIONES AMOROSAS

CONSEJO BÁSICO DE ~~INTERNET~~: ¡NO ROMPAS NUNCA CON NADIE POR MENSAJE DE MÓVIL!

Como Jens lleva apenas seis meses en nuestro país y no es que sepa hablar nuestro idioma precisamente bien, al principio no entendía qué quería decir.

JENS Y CLAUDIA (Mensajes de móvil)

Vale, ser amigos solos desde ahora?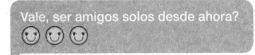

Q??

Solo quiero ser tu amigo.
No novio

En serio estás rompiendo
conmigo por msj móvil?

Vale?

Te llamo por FTime

P q no contestas???

JENS!

Ahora no puedo. Perdón. Muchos
deberes hoy

Hablamos mñn antes clase bío,
ok?

No

No ok

Tenemos q hablar AHORA

Lo siento. Muy liado. Antes tenido partido fútbol. 😵 😵 ⚽ ⚽

Estoy flipando

Enfadada?

CLAUDIA

Que conste que «enfadada» no se acerca ni un pelo a describir cómo me sentía. Como mucho era un 10 % de lo que sentía en ese momento.

REESE

¡Te quedaste MUY triste después de eso! Me daba tanta pena que intenté convencer a mamá y papá de que te regalaran un perrito que te animara.

el 90 %
restante era:
-sorprendida
-traicionada
-confundida
-triste
-con ganas
de vomitar
-con el
corazón partido
-CON GANAS
DE MATAR

CLAUDIA

¡Venga ya! Utilizaste mi ruptura como

excusa. Llevas AÑOS intentando que nos
regalen un perrito.

REESE

Vale, sí, pero me daba pena igual.

PARVATI

Jens se portó fatal. Y SIGO creyendo
que deberías vengarte de él colgando
aquella foto tan embarazosa en tu página de
ClickChat.

CLAUDIA

Yo nunca haría eso. Por mucho que se lo
merezca. Es demasiado perverso.

NUNCA COLGARÍA EN INTERNET
ESTA FOTO TAN EMBARAZOSA DE JENS

CARMEN

Míralo por el lado bueno: gracias a eso COMPUSISTE una canción fantástica.

CLAUDIA

Como he dicho, escribí muchas canciones sobre la ruptura. Pero *Molino* era, de lejos, la mejor. Tenía un riff estupendo, y el estribillo («Un día estás arriba y al otro estás abajo / La vida es como un molino, todo el día girando...») era muy pegadizo.

Por eso sospeché que era buena. Pero no me di cuenta de lo BUENA que era hasta que se la toqué a mi profesor de guitarra, Randy.

RANDY RHOADS, profesor de guitarra de Claudia

No te engaño, chica. *Molino de viento* es una canción DABUTEN.

↑ Randy es de los setenta

CLAUDIA

Pero dices eso de todas mis canciones.

LISTA COMPLETA DE LAS CANCIONES QUE ESCRIBÍ SOBRE LA SEPARACIÓN:
-Desolada
-Se acabó
-Ojos marrones, corazón negro
-Borrada (o La canción del plantón)
-No más mensajes
-Jens es un gili (AVISO: lenguaje explícito)
-Chaleco vacío
-Sola pero nueva
-Molino de viento

RANDY, EL PROFE DE GUITARRA
(¡mola mucho!) (sobre todo teniendo en cuenta su edad)

RANDY

Bueno, sí. Pero es que… soy profesor de guitarra. Lo de animar va con el puesto. Incluso cuando un tronco toca algo que me da ganas de clavarme un lápiz en la oreja, yo tengo que decir: «¡Muy bien, chaval! ¡Sigue así!».

CLAUDIA

Er… ahora me siento un poco confundida. ¿Con cuántas de MIS canciones te han dado ganas de clavarte un lápiz en la oreja?

RANDY

No te metas ahí, chica. Ahora estamos hablando de *Molino de viento*. ¡Que es FETÉN! Te lo juro. Esa canción podría sonar en la radio.

CLAUDIA

Después de que Randy me dijera que la canción era genial y me ayudara a componerle un puente, toqué *Molino* para mis amigas, conectadas todas a la vez en ClickChat.

Y diría que les encantó.

puente = parte en mitad de la canción que es diferente del resto

SOPHIE

Si yo oyera esa canción en una playlist, está CLARO que miraría a ver quién la canta. Y luego descargaría TODAS sus canciones.

PARVATI

¡MADRE MÍA! ¡ERA LA CANCIÓN MÁS GUAY DEL MUNDO!

Te dije: «¿Te imaginas? ¡Vas a ser una celebrity! ¡Y yo perteneceré a tu séquito! ¡YUJUUUUU!».

CLAUDIA

Antes de que la oyeran mis amigas, ni siquiera había pensado en colgar *Molino de viento* en Internet. Sabía muy bien que mi ídolo, Miranda Fleet, no empezó a colgar canciones hasta que no cumplió los catorce. O sea, que yo tenía que esperar como mínimo al curso que viene.

Pero, después de oírla, todas mis amigas me dijeron que tenía que colgarla obligatoriamente para lograr fama mundial.

Y eso es lo que hice.

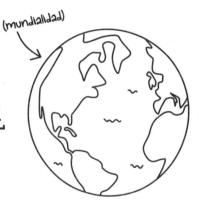

(yo)

(mundialidad)

CAPÍTULO 3
LOGRAR FAMA MUNDIAL
ES MUCHO MÁS DIFÍCIL
DE LO QUE PARECE

CLAUDIA

Lo primero que tenía que hacer era un vídeo. En Internet no le puedes pedir a nadie que simplemente escuche una canción, tienes que darle algo para mirar mientras la escucha.

Carmen es muy creativa y se prestó a dirigir mi vídeo.

CARMEN

Hace ya tiempo que quiero dedicarme a lo de hacer películas, y esa era una gran oportunidad. Y también un desafío. Porque te negabas a que saliera tu cara en el vídeo.

CLAUDIA

No quería que saliera mi cara en el vídeo de Carmen porque: A) quería que se centrase en la música, y B) a veces, cuando toco la guitarra arrugo los ojos de una forma un poco extraña y no quería que nadie se diera cuenta y empezara a trolearme con eso.

REESE

¡Cuando pones la cara de guitarra es para partirse! ¡Parece que estés haciendo caca!

CLAUDIA

«Trolearme» es EXACTAMENTE eso.

En lugar de grabarme a mí cantando la canción, Carmen me grabó primeros planos de las manos tocando la guitarra, que luego intercaló con imágenes de un molinete que filmamos en el jardín de la azotea de mi edificio.

FOTOGRAMA DEL VÍDEO MUSICAL MOLINO DE VIENTO

El vídeo salió muy bien. Y Carmen tenía mucha razón cuando dijo que el molinete era tan válido como un molino de viento de verdad. Por eso quiero disculparme oficialmente con ella por la pelea que tuvimos sobre eso.

CARMEN

No pasa nada. No es que yo no QUISIERA poner un molino de viento de verdad. Es que es prácticamente imposible encontrar uno en Nueva York. Y los que hay no parecen molinos de viento.

MOLINOS DE VIENTO DE NUEVA YORK (REALES)
(no parecen molinos de viento)

CLAUDIA

Carmen acabó el vídeo de *Molino de viento* y ya solo me faltaba colgarlo en MiTubo, pero me puse increíblemente nerviosa. Porque, a juzgar por lo que decían mis amigas, aquel vídeo iba a ser un EXITAZO. Y, al parecer, en cuanto lo colgara, mi vida podría cambiar por completo y para siempre.

POSTS DE CLICKCHAT (CHAT PRIVADO)

Carmen laguti_guay Qué ganas tengo d q este vídeo lo pete! 😁

Sophie sophie_k_nyc Lo petará. Romperá Internet

Parvati Parversa VAS A SER UNA ESTRELLA @claudaroo!!!

Parversa ME LLEVARÁS DE GIRA, VERDAD???

yo claudaroo No sé, chicas. Me da un poco de miedo colgarlo

sophie_k_nyc Pero si es genial! Y te lo has currado un montón!

Tienes que colgarlo ahora mismo

laguti_guay Si no lo haces tú, lo haré yo @claudaroo

Parversa CUÉLGALO PARA Q NOS PONGAMOS HISTÉRICAS

laguti_guay Tú ya estás histérica @Parversa

Parversa SÍÍÍ!!! ME HAGO PIS Y TODO!!!

sophie_k_nyc Puaaaaj

Parversa BROMA

laguti_guay Vengaa, @claudaroo cuélgalo!!!!!

CLAUDIA

Tardé un día entero en reunir el valor necesario para colgar *Molino de viento* en MiTubo. Cuando por fin lo hice, avisé a todo el mundo en ClickChat.

claudaroo

 24 me gusta

claudaroo Hola a todos! Acabo de colgar mi nuevo vídeo musical en http://mitubo.com... Espero que os guste! Gracias a @laguti_guay por lo genial que lo ha dirigido! Y a @Parversa y @sophie_k_nyc por todo su apoyo!

CLAUDIA

Luego apagué el ordenador, porque no quería pasarme toda la noche cargando una y otra vez la página de MiTubo para ver cuántas visualizaciones tenía ya.

Pero no pude contenerme y a la media hora de ir arriba y abajo por mi habitación recordándome lo importante que era mantener la calma y los pies en el suelo ante el posible exitazo, volví a conectarme.

Y me pasé el resto de la noche cargando una y otra vez la página de MiTubo.

Resultó que no tenía que preocuparme sobre lo de mantener los pies en el suelo. Ni lo de que mi vida cambiaría para siempre. Ni siquiera cinco minutos.

Porque nadie miraba el vídeo. Durante la primera noche que estuvo colgado, solo tuvo 37 visualizaciones.

Y al menos 30 eran de Parvati.

Molino de viento (de Claudia Tapper)
claudaroo   37 visualizaciones

PARVATI
Lo puse en bucle. ¡Era tan GUAY!

CLAUDIA

Por la mañana, *Molino de viento* solo había tenido 41 visualizaciones. Ya vi que, si quería que fuera un éxito, tendría que hacer MONTONES de publicidad.

Me daba mucho palo, pero, por suerte, mis amigas me ayudaron mucho.

CARMEN

Básicamente obligamos a todos los de nuestro curso a ver el vídeo.

PARVATI

No solo a los de nuestro curso. Hay como MÍNIMO diez visualizaciones de gente de tercero que se deben directamente a mí.

AKASH GUPTA, alumno de tercero/hermano mayor de Parvati

La pesada de mi hermana pequeña puso el trasero sobre la mesa de la cafetería y se negó a irse hasta que mis amigos y yo viésemos el vídeo de Claudia en el móvil.

PARVATI

¿Y no estás contento de que lo hiciera? ¡Te ENCANTA *Molino de viento*!

AKASH

Es bastante pegadiza. Aunque no es mi estilo de música. Con un remix electrónico la cosa cambiaría.

CLAUDIA

Los comentarios de los compañeros del cole me animaron MUCHO.

KALISHA HENDRICKS, compañera de curso/ persona extremadamente inteligente

Es una canción excelente, Claudia. Deberías sentirte orgullosa.

DIMITRI SHARANSKY, compañero de curso/ persona moderadamente inteligente

Molaba mucho.

CLAUDIA

Aunque no todo el mundo fue tan positivo. Todas las fembots se metieron con la canción. Claro que ellas se meten con todo.

FEMBOTS: niñas ricas e insufribles de mi curso que miran a todo el mundo mal por no ser lo bastante ricos o insufribles.

ATHENA COHEN, dictadora fembot

Lo siento, pero aquel vídeo daba tanta PENA… O sea, ¿qué presupuesto teníais? ¿Unos… cinco dólares?

CLAUDIA

No, más bien cero dólares. Porque no
teníamos ningún presupuesto.

ATHENA

Pues eso, felicidades, porque se notaba
mucho.

Y encima la manera en la que suplicaste
a todo el mundo que lo compartiera
en ClickChat… ¡qué falta de estilo! ¡Y
QUÉ fracaso! ¿Qué conseguiste? ¿Cinco
visualizaciones?

CLAUDIA

Por si no os habéis dado cuenta aún,
Athena Cohen es mala.

Pero por desgracia tenía razón. Aunque
a casi todos los chavales del colegio
Culvert les gustó el vídeo, no eran
suficientes para convertirlo en un éxito
viral. Ni en un éxito a secas.

Pero no será por no haberlo intentado.
Reenvié el enlace por ClickChat un montón de
veces y le pedí a todos mis conocidos que
lo compartieran o pusieran el enlace. Hasta
a mis padres, que no están en ClickChat. Mi
padre casi ni está en Facebook.

NUESTROS PADRES (Mensajes de móvil)

No olvides colgar vídeo
d Claudia en tu Facebook

Hecho ya. Tres likes!

Solo tres? Cuántos
amigos tienes en FB?

Ni idea

Lo he mirado. Tienes 23

Eso es bueno?

Es terrible

Ah, sí?

Sí. Hasta me da un poquito
vergüenza ser tu mujer

Cuántos amigos tienes tú en FB?

632

> Anda ya

> Imposible q todos sean amigos tuyos

Reese tiene 786 en ClickChat

> Pero q dices????

> Reese no ha tenido tiempo en su vida de conocer a 786 personas

Esta noche t explicaré cómo funcionan las redes sociales

> No sé si lo quiero saber

CLAUDIA

Carmen me dijo que pusiera hashtags en MiTubo para que la gente encontrara mi canción en sus búsquedas. Y lo hice.

Molino de viento (de Claudia Tapper)
claudaroo #canciones #cantautores   **198 visualizaciones**
#música #molinos

CARMEN

¡Eso no es poner hashtags! Te dije: «A ver, Claude, ¿quieres que te lo haga yo?».

CLAUDIA

Carmen insistió en rehacerme los hashtags. Sinceramente, creo que se pasó un poquito.

Molino de viento (de Claudia Tapper)

claudaroo #canciones #cantautores   **214 visualizaciones**
#musica #compositores
#cantautorescompositores
#cantautoresNY #cancionesNY #éxitos #hits
#grandesexitos #mejorcancion #bestsong
#bestsongever #musica #buenamusica
#granmusica #goodmusic #bestmusic #video
#videomusical #granvideomusical #separación
#cancionseparación #separacioncancion
#cancionsepararse #cantandoseparados
#corazonpartio #corazonroto #triste #agridulce
#sigoadelante #girlpower #chicas #comohermanas
#fuertesjuntas #nosotraspodemos #abajoloschicos
#claudia #claudiatapper #tapperclaudia
#carmen #carmengutierrez
#carmengutierrezdirectora #carmendirige
#molino #molinodeviento #cancionessobremolinos
#molinete #molinetevsmolino #molinovsmolinete
#puedeunmolineteserunmolino #terraza
#videoterraza #terrazavideo #videosenterrazas
#NYC #terrazaNY #NYterraza
#videoenterrazaNYconmolinete

CARMEN

Los hashtags NUNCA sobran.

CLAUDIA

No estoy muy segura, pero bueno.

El caso es que los hashtags no cambiaron mucho las cosas. Y mi insistencia en ClickChat tampoco. Una semana después, *Molino* seguía atascada en torno a las 300 visualizaciones y no parecía que fuera a despegar nunca.

(I semana después de colgarla)

Molino de viento (de Claudia Tapper)

claudaroo #canciones #cantautores #musica #compositores #cantautorescompositores

293 visualizaciones

Total, que me desesperé e hice lo que Parvati llevaba todo el tiempo suplicándome que hiciera: la trakée.

CAPÍTULO 4
TRAKAS: EL MEJOR Y PEOR SITIO DE INTERNET

CLAUDIA

Por si sois como mis padres y no tenéis ni idea de lo que es Trakas, os diré que es una red social de «microvídeos». ← ¿microvlog? (no sé) Lo único que se puede colgar son vídeos de dos segundos.

Según a quién le preguntes, esto es lo que hace que Trakas mole tanto o que sea tan absurdo. Yo, por ejemplo, pienso que es ridículo. Porque en un vídeo de dos segundos no cabe nada, como mucho tonterías puras y duras, como saltar a una piscina con la bici o bajarte los pantalones en un McDonald's.

TÍPICO VÍDEO DE TRAKAS
(chaval con skate se sale de la valla y aterriza de cabeza)

topetrolas   2.385.233 TRIKS

YUNG T SE APUNTA A #HALLOFMEAT!!!!

REESE

¡Trakas es LO MÁS! ¡Es un sitio lleno de tíos que saltan a piscinas con la bici y se bajan los pantalones en el McDonald's!

Te petas con todo.

SOPHIE

Trakas es oficialmente la tontería más grande de la historia de la humanidad.

PARVATI

¡¡¡A MÍ ME ENCANTA!!!

De verdad, si no fuera por Trakas, ¡no

hubiera sabido nunca quién es Tyler Purdy! O
Marcel Mourlot, Austin Flick, Luke Vivian, Cody
& Cody, Jimmy Wallinger, Oscar González o Brian
Messer!

CLAUDIA

A Parvati le gusta una veintena de trakeros
famosos. Y yo no lo pillo. Vale que algunos son
claramente guapos… pero no HACEN nada. La mayoría
de las trakas que cuelgan son de ellos contando
chistes malos o mirando hacia la cámara y diciendo
«HOLAAAA, CHICAAAAAS…».

PARVATI

A ver, en primer lugar, Tyler Purdy no TIENE
que hacer nada, solo mirar a la cámara. ¡TIENE
UNOS OJOS TAAAAN AZULES! Podría pasar SEMANAS
enteras mirando trakas de los ojos de Tyler.

OJOS DE TYLER PURDY (mi padre dice que no puedo poner una foto real sin el permiso por escrito de los ojos de Tyler)

En segundo lugar, no es verdad que ninguno
de ellos haga nada. ¡Las trakas inspiracionales
de Marcel Mourlot están ayudando a millones de
personas en el mundo a vivir mejor!

Y Brian Messer es una estrella del pop. Que empezó en Trakas. ¡Como deberías hacer tú!

CLAUDIA

Personalmente no soy muy fan de la música de Brian Messer. Pero es cierto que se ha hecho bastante famoso. Y que todo empezó cuando colgó montones de trakas con fragmentos de 2 segundos de sus canciones y un vínculo para escucharlas enteras en MiTubo.

A mí eso me parecía absurdo, porque ¿cómo vas a saber si te gusta una canción solo en dos segundos? Pero, después de ver durante una semana que *Molino* no se movía, al final seguí el consejo de Parvati y empecé a trakear trocitos de la canción.

claudaroo   634 TRIKS

MOLINO DE VIENTO pt. 1 (de Claudia Tapper)

Colgué unas treinta trakas en total.
Habría hecho más, pero lo de cortar una
canción en trocitos de dos segundos que
tengan algún sentido cuesta lo suyo.

PARVATI

¡Es que NO tienen que tener ningún sentido!
Creo que no has pillado la esencia de Trakas.

CLAUDIA

Supongo que no.
El caso es que, además de poner muchos
hashtags en los vídeos, Parvati me obligó
a citar en los comentarios a unos cuantos
trakeros famosos para que lo vieran en las
notificaciones y, con un poco de suerte, me
retrakearan.

retrakear = cuando compartes la traka
de otra persona en tu página de Trakas

@claudaroo @MarcelOficial @BrianMesser @Cody&Cody
@PurdyTyler @GranAustin

No me retrakeó nadie. Aun así, al
principio me pareció que mis cifras en
Trakas eran bastante buenas. Mi traka
más popular tuvo 2.236 triks en la primera
semana.

Trik = 1 visualización de una traka

2.236 TRIKS

*mi traka más popular
(mitad del estribillo)
("como un molino
de viento girando y")*

Pero, como las trakas duran solo dos segundos y se reproducen en bucle, resulta que 2.236 triks no es casi nada. De hecho, se pueden tener 1.000 triks casi por accidente.

PARVATI

Yo me dejé puesta una de tus trakas mientras iba al lavabo y puede que eso te diera hasta 500 triks. O más.

CLAUDIA

Con todas las trakas que llegué a colgar, al final solo tenía unos 200 seguidores. Pero sospecho que la mayoría eran bots. Y muy pocos de los que eran seres humanos vieron el vídeo completo. Tras dos semanas de trakeo intensivo, *Molino de viento* seguía sin alcanzar las 400 visualizaciones en MiTubo.

*"bots"=
cuentas
robotizadas
que te
siguen pero
no son seres
humanos*

*visualizaciones
de Molino
en MiTubo*

388 visualizaciones

| claudaroo | **208** SEGUIDORES | **116** SEGUIDOS |

mis seguidores en Trakas

Estaba un poco depre, la verdad. La canción era buena y le gustaba a casi todo el mundo, pero, por mucho que me esforzara, no conseguía que la gente hiciera clic para verla.

No solo NO se hizo viral, es que ni se acercó.

Llegué a la conclusión de que lograr fama mundial en Internet era básicamente imposible.

O al menos eso era lo que creía.

Hasta que mi hermano la logró sin siquiera buscarla.

CAPÍTULO 5
REESE ENTRA EN TRAKAS

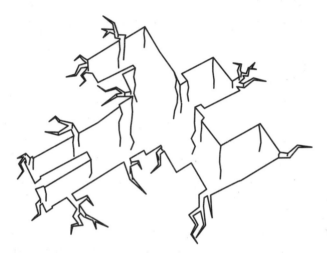

REESE

    Todo empezó un día que Xander y
yo estábamos trasteando en MetaWorld.
Acababan de sacar la versión 3.0 con esa
cosa nueva que llaman «motor físico», que
hace que todo parezca MUCHO más realista.
Y eso que todo el mundo sigue teniendo
la cabeza cuadrada y manos sin dedos.

MetaWorld =
videojuego
donde Reese
pasa el 80 %
de su vida
(el 20 % restante
lo dedica
al fútbol)

    Total, que cuando Xander me tiró
por un precipicio durante un combate a
muerte, en lugar de morirse y ya está como
en la 2.0, mi avatar hizo «¡PLAAAAAF!» y
dejó un agujero alucinante en el suelo, con
la forma del avatar.

¡Fue buenísimo! Xander y yo nos pusimos
a saltar desde precipicios solo para reír.

71346 MK/23100293 GZ
00:34:11

aguiero con forma de avatar
(creo que el de Xander)

#LoRemata

Monstruoflipao

avatar
de Reese

CLAUDIA

Por si no lo sabíais, Xander Billington
es uno de los mejores amigos de Reese.
También es totalmente inaguantable.

**XANDER BILLINGTON, amigo de Reese/
totalmente inaguantable**

¡No busques beef, Claudéfica! ¡No te
metas con X-Man que me rallo y te la monto!

Apodo que
se ha puesto
Xander

Apodo que me
ha puesto Xander

CLAUDIA

Una de las muchas cosas que no aguanto de Xander es que habla todo el tiempo como en una batalla de rap. Y eso resulta especialmente patético cuando sabes que sus antepasados fueron unos de los primeros peregrinos que llegaron desde Inglaterra a bordo del *Mayflower*.

O sea, que los Billington han sido oficialmente la familia más inaguantable de Estados Unidos durante los últimos 400 años.

LLEGADA DE LOS PEREGRINOS DEL MAYFLOWER

XANDER

¿Qué cantas, chavala? ¡Respeto REAL tenían los Billington viejos!

CLAUDIA

Xander, ¿has buscado alguna vez «Mayflower» y «Billington» juntos? Porque yo sí. Y resulta que uno de tus antepasados casi hace saltar el barco por los aires. Y a otro lo colgaron por asesinato cuando ya estaban en América.

100%
CIERTO
(probad a googlearlo

XANDER

¡¿QUÉEEE?! ¿Qué rima me cuentas?

CLAUDIA

La que oyes.

XANDER

¿Real? ¿No fake?

CLAUDIA

No fake. Real. Man.

XANDER

¡LA REHOST…! ¡CÓMO MOLA! ¡¡¡LOS BILLINGTON SOMOS LA MAFIA, MAN!!! ¡Cuando se lo cuente a mi supervieja hoy en la cena...! ¡Menudo baile nos vamos a pegar! ¡PA REÍRNOS DE LA PASMA!

LOS BILLINGTON SE PEGARÁN UN BAILE Y SE REIRÁN
DE LA PASMA AQUÍ (en Park Avenue)
(fijo que los vecinos los odian)

CLAUDIA

Ahora me estoy yendo mucho por las ramas. Volvamos a MetaWorld.

REESE

Cuando nos aburrimos de saltar desde precipicios, dije: «¿Y si construimos una gran torre y saltamos desde ahí?».

Y es lo que hicimos. ¡Y fue brutal! Sobre todo cuando engañamos a Wyatt para que se pusiera abajo delante de la torre para poder caer sobre él.

WYATT TEMPLEMAN, amigo de Reese

La primera vez que lo hicieron me enfadé un montón porque no me avisaron de lo que pensaban hacer. Pero luego me dejaron A MÍ saltar sobre ELLOS un buen rato. ¡Y era la repera! ¡Para morirse!

AVATAR DE REESE (A MEDIO SALTO)

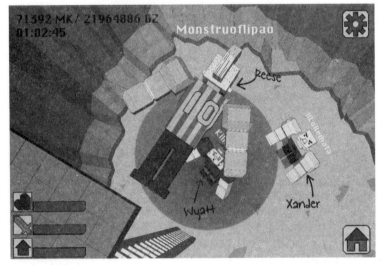

XANDER

Entonces yo dije: «¡Man, esto hay que trakearlo ya mismo!».

REESE

Era un vídeo ideal para Trakas. Porque se tardaba EXACTAMENTE dos segundos en saltar de la torre y caer aplastando el avatar de alguien. Xander me grabó saltando sobre Wyatt y yo lo colgué.

CLAUDIA

Confieso que, aunque no es mi tipo de humor, la primera vez que vi la traka de Reese solté una carcajada. Era una de esas situaciones de risa involuntaria, como cuando en una peli la niñita mona le da una patada en la entrepierna al tipo enorme. No te QUIERES reír, pero te ríes.

(TRAKA DE REESE)

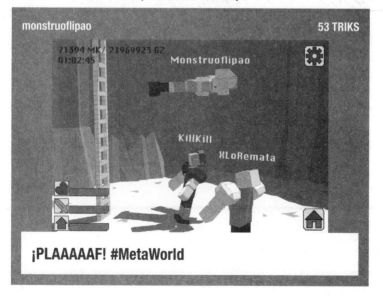

REESE

Yo nunca había colgado nada en Trakas. Solo veía las cosas que ponían los otros. Por eso no tenía seguidores, solo a Xander y a Wyatt. Y aquel día, cuando mamá llegó a casa y me obligó a apagar el ordenador, mi traka solo tenía, no sé, unos 50 triks.

Pero Xander puso en los comentarios los nombres de algunos amigos nuestros para que lo vieran.

> @XLoRemata **MIRAD ESTO** @namber_uan @Wenzamura @buho-vigilante @bryce_thompson @Sabad02 @AidanTheGrif

Total, que al día siguiente al levantarme, ¡tenía 600 triks! ¡Y 10 seguidores nuevos!

Y cuando fui a la cafetería antes de que empezaran las clases lo estaban viendo casi todos los de nuestro curso.

CLAUDIA

Estaban todos apiñados alrededor de los móviles, viendo la traka de Reese y partiéndose el pecho.

Y, si queréis que os sea sincera, me molestó.

Porque con la tontería de dos segundos que Reese había hecho pensando cero minutos todo el mundo estaba MUCHO más emocionado que con *Molino de viento*. Mi canción no solo me había costado SEMANAS de esfuerzos intentando que la gente la escuchara, sino también AÑOS de duro trabajo, si contamos todo el tiempo dedicado a mejorar mi guitarra y a aprender a escribir canciones hasta que me salió una realmente buena.

No me parecía nada justo.

Pero nunca, de verdad que NUNCA le hubiera dado mayor importancia si la imbécil de Athena Cohen no hubiera abierto la boca.

CAPÍTULO 6
NO APUESTES
NUNCA CON
UNA FEMBOT

CLAUDIA

Athena utiliza el miedo para mandar sobre las fembots. Aunque intenta hacer lo mismo con el resto y la mayoría no le hacemos caso, le basta con los que sí que la obedecen para CREER que manda sobre toda la clase.

Las fembots son
-Athena
-Clarissa Parker
-Ling Chen
-Meredith Timms
y entre 5 y 8 acopladas

Athena huele la debilidad como un tiburón huele la sangre. Si alguien se siente triste, insignificante o rebotado, Athena se da cuenta. Y ataca.

Eso es más o menos lo que hizo conmigo aquel día en la cafetería.

SELFIE DE ATHENA
(broma)

SOPHIE

Tú estabas sentada tan tranquila y va y de repente salta Athena: «¡EH! ¡CHICOS! ¡MIRAD A CLAUDIA! ¡SE LA VE UN POCO ENFADADAAAA!».

CLAUDIA

Que conste que NO estaba «enfadada» por todo el caso que le estaban haciendo a la traka de Reese. Estaba «molesta», lo cual es completamente diferente.

Pero cuando Athena gritó aquello, todos dejaron de mirar la traka y se pusieron a mirarme A MÍ. Y Athena dijo algo así como: «Te has pasado SEMANAS enteras SUPLICANDO que mirásemos tu triste vídeo… y ahora en cinco segundos, Reese ha hecho algo CIEN VECES más popular! ¡JA, JA, JA, JA, JA!».

Absurdo, porque mi traka más popular había conseguido más de 2.000 triks. Y en ese momento, la traka de MetaWorld de Reese solo tenía 600.

REESE

Bueno, para entonces ya eran unos 1.000. Subía muy deprisa.

CLAUDIA

Como quieras. A lo que iba es que yo NO estaba enfadada... hasta que Athena intentó humillarme delante de todo el mundo. Y ni siquiera entonces me sentí enfadada. Me sentí FURIOSA.

De hecho, estaba tan furiosa que no podía pensar bien. De forma que, en lugar de reírme de Athena —que es lo que DEBERÍA haber hecho—, mordí el anzuelo. No recuerdo con exactitud qué dije...

SOPHIE

Algo así como: «¡Qué tontería! ¡Mis canciones durarán MUCHO más que esa traka tan tonta que ha colgado Reese!».

CLAUDIA

No debería haber dicho eso. Porque ni siquiera estaba enfadada con Reese. ¡Estaba enfadada con Athena! Pero entonces todo se convirtió en ese rollo de mi hermano contra mí y viceversa y TODO EL MUNDO se metió: las fembots, los amigos de Reese, mis amigas... todo el mundo.

CARMEN

¡Solo queríamos defenderte! Si Parvati

mencionó lo de los seguidores en Trakas fue
solo por eso.

208 ← mis seguidores en Trakas

SEGUIDORES

PARVATI

Yo dije: «¡Claudia tiene más de doscientos
seguidores en Trakas y Reese solo diez!
¡Eso la hace doscientas veces más popular
que él!».

El cálculo no lo hice bien, pero es
igual.

REESE

23 SEGUIDORES

Yo no quería meterme en todo eso.
Pero cuando Parvati dijo: «¡Solo tienes diez
seguidores!», le contesté: «¡Qué va! ¡Tengo
veinte! O sea, ¡diez más que hace
una hora!».

Reese

SOPHIE (subdictadora fembot)

Y entonces fue Clarissa Parker y dijo:
«Me apuesto mil dólares a que Reese acaba
con más seguidores que Claudia».

Y Athena lo oyó y se apuntó al carro.

CLAUDIA

En un segundo ya tenía a Athena en mis
narices señalándome con el dedo y gritando:

«¡Venga, apuesta conmigo! ¡Mil dólares! ¿O prefieres admitir que eres una PERDEDORA?».

TODO EL MUNDO nos estaba mirando. Y yo solo pensaba: «NO pienso permitir que Athena me intimide delante de todos».

Claro que yo no tenía mil dólares. Por no tener, no tenía ni diez.

Mis padres no no quieren dar paga r a Reese ni a mí, y es muy injusto

CARMEN

¡Claro que no! ¿Quién va a tener ese dinero, aparte de Athena? ¡Pero el zasca que le metiste fue GENIAL!

CLAUDIA

No recuerdo las palabras exactas, pero eran algo así: «Lo siento, Athena, yo no soy tan rica y mimada como para malgastar mil dólares de mi papá en una apuesta tan estúpida. Y, además, si tuviera mil dólares, ¿sabes qué haría con ellos? Los utilizaría para hacer un mundo mejor, no para tirárselos a la cara de la gente como haces tú».

REESE

Athena se encendió cuando dijiste eso. La peña empezó en plan: «¡BUUUU! ¡BUUUU!».

La verdad es que Reese me apoyó mucho contra Athena. Se enrolló muy bien.

CLAUDIA

Y Athena contestó más o menos: «¡Huy, lo siento, se me había OLVIDADO que eras pobre!». Pero nadie se rio, solo un par de fembots.

Luego hubo un segundo de silencio, pero casi se podía ver cómo se movían las ruedecillas del perverso engranaje de su perversa mente.

Y entonces dijo: «Vale. No hace falta que apuestes ni un céntimo. Si ganas, yo te daré a ti mil dólares para que hagas un mundo mejor. Pero, si gano yo... tendrás que colgar una traka diciendo: "ME LLAMO CLAUDIA TAPPER Y SOY LA [PERSONA] MÁS PRINGADA, PATÉTICA Y TONTA DE LA HISTORIA"».

aquí va una palabra NADA
apropiada que dijo Athena

REESE

Todo el mundo se puso: «¡SÍ, VENGA, CLAUDIA! ¡ACEPTA LA APUESTA!».

Yo también lo gritaba, y eso que no recordaba muy bien cuál era la apuesta.

CLAUDIA

En ese momento yo tampoco sabía muy bien cuál era. Lo único que sabía era que no podía dejar que la ganara ella.

SOPHIE

Dijiste: «¿Sobre qué estamos apostando, exactamente?». Y Athena contestó: «Sobre que Reese consigue más seguidores que tú en Trakas».

Y os pusisteis a discutir sobre lo que tenía que durar la apuesta, qué reglas había que poner y esas cosas.

Antes de cerrar el trato, Athena hizo que Toby lo pusiera todo por escrito.

CLAUDIA

Esta es la apuesta que Toby Zimmerman envió a todos después de que Athena y yo nos estrecháramos la mano delante de todo el curso.

CUÁL ES LA APUESTA
ATHENA APUESTA CON CLAUDIA QUE AL TÉRMINO DE LAS CLASES DEL JUEVES 26 A LAS 14:55, REESE (@MONSTRUOFLIPAO) TENDRÁ MÁS SEGUIDORES EN TRAKAS QUE CLAUDIA (@CLAUDAROO).

QUÉ SE JUEGA
SI CLAUDIA TIENE MÁS SEGUIDORES, ATHENA LE PAGARÁ A CLAUDIA 1.000 DÓLARES.

SI REESE TIENE MÁS SEGUIDORES, CLAUDIA COLGARÁ UNA TRAKA EN SU CUENTA @CLAUDAROO DICIENDO: «ME LLAMO CLAUDIA TAPPER Y SOY LA IDIOTA MÁS PRINGADA, TONTA Y PATÉTICA DE LA HISTORIA».

NORMAS
SI REESE HACE TRAMPAS, PONE SU CUENTA EN PRIVADO O HACE ALGUNA OTRA COSA PARA QUE SU HERMANA GANE, CLAUDIA PERDERÁ AUTOMÁTICAMENTE LA APUESTA.

SI ALGUIEN CREA CUENTAS DE TRAKAS FALSAS SOLO PARA DAR SEGUIDORES A ALGUNO DE LOS DOS, PERDERÁ EL QUE RECIBA ESOS SEGUIDORES.

SI CLAUDIA PIERDE, EN SU TRAKA NO PUEDE LLEVAR GAFAS DE SOL NI MÁSCARA NI NADA PARA TAPARSE LA CARA.

TAMPOCO PODRÁ BORRAR NUNCA LA TRAKA.

CLAUDIA

Es muy importante que se entienda que cuando acepté la apuesta con Athena NO parecía la tontería más grande que he hecho en toda mi vida.

REESE

¡Claro que no lo era! Porque íbamos uno contra el otro... ¡y yo quería que ganases tú! Aunque me habían hecho jurar que no te ayudaría, lo que no iba a hacer era ayudar a Athena.

CLAUDIA

Además, en el momento en que Athena y yo nos dimos la mano delante de todos, yo APLASTABA a Reese en número de seguidores de Trakas. Tenía 208. Y Reese solo tenía 23.

REESE

¡Exacto! Por eso no parecía la tontería más grande que has hecho en toda tu vida, al menos hasta un par de horas después.

CAPÍTULO 7
REESE SE
VUELVE VIRAL

10.000.234 TRIKS

CLAUDIA

La profa de mates, la señora Santiago, nos habló una vez del «crecimiento exponencial». Básicamente, cuando algo crece de forma exponencial, al principio parece que crece un POCO deprisa… luego crece DE VERDAD muy deprisa… y al final sale lanzado como un cohete al espacio exterior.

CRECIMIENTO EXPONENCIAL
DE LA TRAKA DE REESE
(no está dibujado a escala)

NÚMERO TOTAL
DE SEGUIDORES
DE REESE
EN TRAKAS

desayuno — apuesta con Athena — al acabar las clases — cena

TIEMPO

Eso es más o menos lo que pasó con la traka de Reese. A mediodía ya tenía 5.000 triks y 45 seguidores.

O sea, MUCHO más de lo que tenía en el momento de la apuesta. Y, claro, las fembots se pasaron el almuerzo entero metiéndose conmigo.

5.106 TRIKS   45 SEGUIDORES

SOPHIE

Estaban MUY pesadas. Ling Chen hizo una cancioncilla que decía: «¡Clauditita, no hay que lloraaar...!». Y todas las fembots contestaban: «¡Los molinos brillan por ti allá en lo alto!». ←

Utilizando una canción de un famoso grupo sueco (que yo no conocía) (la canción, no el grupo) (no es mala) (pero ahora me recuerda a las fembots) (y la odio)

REESE

En el almuerzo todos mis amigos se pusieron en plan: «¡Chaval, lo estás petando!».

Y Xander decía: «¡La mitad de los seguidores son MÍOS, man!».

XANDER

¡Me ROBASTE! ¡Grabaste el vídeo desde MI cuenta, man! ¡No podrías haberlo hecho sin mí!

WYATT

¿Y yo qué? ¡Reese saltaba sobre mi avatar!

XANDER

Apodo que Xander le ha puesto a Wy

¡Para el carro, Guayito! Tú eras un cuerpo.
Para aplastar en plan Hulk cualquiera vale.

REESE

Me pareció que Xander tenía algo de
razón. Habíamos construido la torre juntos.
Y no podría haber hecho la traka sin él.

Pero, como no se puede dar la mitad de
tus seguidores a otro, le propuse formar
equipo y así, la próxima vez que hiciéramos
una traka, la colgaríamos desde su cuenta,
para que él también ganara seguidores.

Además, si yo ya no colgaba nada más en
mi cuenta, tú tendrías más fácil lo de ganar
la apuesta.

(o sea, yo)
(Claudia)

CLAUDIA

Esperaba que las cifras de Reese se
calmaran después del almuerzo, pero pasó
justo lo contrario. Cuando acabaron las
clases por la tarde, ya tenía 8.000 triks
y 65 seguidores.

Aterrador.

REESE

En el autobús hacia casa dijiste:
«¡Reese, TIENES que parar lo de los
seguidores!».

AUTOBÚS M79 CRUZANDO CENTRAL PARK (estaba aquí
cuando le supliqué a Reese que parara lo de los seguidores)

Y yo, en plan: «¡No puedo! Si paso la
cuenta a privado, Athena lo verá y perderás
automáticamente!». Y es que esa era la única
manera de parar lo de los seguidores.

También es verdad que estaba que me
salía, porque cada minuto que pasaba tenía un
retrakeo. ¡De gente que ni siquiera conocía!

CLAUDIA

Reese estaba un 10% preocupado por que yo perdiera la apuesta con Athena y un 90% emocionado por el caso que le estaban haciendo a su traka.

Y yo estaba un 10% contenta por él, un 5% molesta porque algo tan tonto fuera tan popular y un 85% MUERTA DE MIEDO viendo que iba a perder la apuesta y que tendría que colgar una traka totalmente humillante.

En esos momentos ya parecía bastante probable que Reese superaría los 208 seguidores, lo que significaba que yo tendría que hacer MUCHAS más trakas para multiplicar el número de los míos.

Por eso, en cuanto llegué a casa, le pedí a Ashley, nuestra canguro, que me ayudara a decidir cuál de mis canciones debería publicar como continuación de *Molino de viento*.

En la universidad, Ashley se especializó en Teatro Musical, y eso explica por qué era la persona ideal para pedirle consejo sobre música. También explica por qué todavía es nuestra canguro aunque tenga veinticinco años y un título universitario.

ASHLEY O'ROURKE, canguro

Claude, porfa, ¿podrás poner en tu libro que, si lo lee alguien que trabaje en teatro, cine, televisión o webisodios, que miren mi cuenta de MiTubo o que vengan a la presentación que haré en Chelsea, en la academia People's Republic of Dance?

CLAUDIA

Claro que sí, Ash. Algún día serás una estrella. Tu obra unipersonal era INCREÍBLE.

Ashley entre bastidores en el estreno de su obra unipersonal Catedrales en la cabeza

ASHLEY

¡Gracias, Claude! Pon también que estoy disponible por las mañanas y los fines de semana para hacer de canguro. Se me dan bien todas las edades, sobre todo los bebés. ¡Soy una ninja poniéndolos a dormir!

CLAUDIA

Volviendo a la historia: estaba en mi habitación con Ashley, tocándole una de mis canciones, cuando oímos los gritos que venían de la habitación de Reese.

Borrada
(o La canción
del plantón)

REESE

Kroketta333 es el gamer de MetaWorld más famoso de la historia. Yo sigo sus vídeos desde los diez años. Debe de tener 30 millones de seguidores en MiTubo. Y 20 millones en Trakas.
¡¡¡Y ME HABÍA RETRAKEADO!!! ¡¡¡PARA 20 MILLONES DE PERSONAS!!
Y ESO fue lo que provocó la frikada general.

ASHLEY

Reese gritaba tanto que creí que, como mínimo, se había cortado un dedo de cuajo.

Y, como cuidadora oficial, me las iba a cargar yo.

Así que fui corriendo a su habitación. Y resulta que estaba gritando porque había conseguido 100.000 triks en diez segundos.

CLAUDIA

114.692 TRIKS

Como yo no tendría ninguna responsabilidad si Reese se cortara los dedos, me levanté un poquito más despacio que Ashley. Y en esos cinco segundos más que tardé en llegar a su habitación, recibió otros 50.000 triks.

Reese estaba con la mirada puesta en el contador de triks de su página gritando: «¡ESTO ES INCREÍBLE!» y «¡AAAAAAAAAH!» una y otra vez.

REESE

168.006 TRIKS

¡¡¡¡Era de LOCOS!!!! Iba ganando… yo qué sé, ¡10.000 triks por segundo!

379.303 TRIKS

CLAUDIA

Y también estaba ganando un par de seguidores por segundo. Lo que significaba, si hacéis los cálculos, que cada dos minutos Reese ganaba tantos seguidores como los que tenía yo en total.

Aunque en ese momento yo no estaba haciendo cálculos, porque estaba sufriendo un ataque de pánico en el sofá del salón.

Bueno, o lo que a mí me pareció un ataque de pánico. El corazón me hacía «BUM-BUM-BUM-BUM-BUM» y no podía respirar, y creía que iba a desmayarme.

ASHLEY

Fue un momento superestresante. Yo intentaba que te tumbaras en el sofá y respiraras en una bolsa de papel y A LA VEZ intentaba que Reese dejara de gritar y A LA VEZ intentaba hacer la cena y doblar la ropa. A Ashley no se le da muy bien lo de la multitarea

CLAUDIA

La bolsa de papel me fue muy bien. Pero solo porque, como NO SERVÍA PARA NADA, cogí el móvil para buscar «bolsa papel respirar ataque pánico» y ver por qué en algún momento a alguien se le ocurrió que sí que servía para algo.

NO SIRVE PARA NADA EN UN ATAQUE DE PÁNICO

Y lo de leer en Internet sobre ataques
de pánico me distrajo de mi propio ataque de
pánico lo suficiente como para calmarme.

En cambio, Reese no se calmó.
Básicamente, solo dejó de gritar para enviar
un mensaje a mis padres cuando alcanzó el
millón de triks.

1.003.211 TRIKS

**REESE Y MIS PADRES (Mensajes copiados del
móvil de Reese)**

> OMG KROKETTA333 ME A RTK
> Y TENGO UN MILLON TRIKS!!!

> Alucinante!

P Muy bien, chaval!

P Ahora explícanos q quiere decir

> HE TRAKEADO UN VÍDEO
> Y LO ESTÁ PETANDO!!!

M Desde cuándo tienes
cuenta en Trakas?

NI IDEA

DSD SEPT?

 Q es Trakas?

M No hay q tener más de 13?

NO PASA NADA. MENTÍ
FECHA CUMPLEAÑOS

M SÍ Q PASA, REESE. Tendremos
q borrarte la cuenta

NO, MAMÁ. NO LA BORRES!!!!!

TODO EL MUNDO MIENTE
FECHA CUMPÑOS

M Ya hablaremos cuando llegue a casa

P No entiendo
nada d lo q habláis

EN SERIO, TENGO MIL
SEGUIDORES!!! Y 1 MILLON D TRIKS

P: Alguien me puede decir q es un trik?

NO LA BORRES. SOY FAMOSO!!!!

M: Q nombre tienes?

MONSTRUOFLIPAO

P: Triks y trakas son cosas distintas o lo mismo?

M: Llegaré a las 8. Ya hablaremos

EN SERIO, MAMÁ, PORFA PORFA PORFA, NO LA BORRES. ES LO MEJOR Q ME HA PASADO EN LA VIDA

P: Alguien me puede decir q está pasando???

PREGUNTA A MAMÁ

P: Cariño? Me ayudas?

M: Entro en reunión. Luego t cuento. Compra salmón para cenar.

<< 67 >>

CLAUDIA

Para cuando mi madre llegó a casa,
Reese tenía casi 5.000.000 de triks y más de
5.000 seguidores.

Y eso era tanto que mi madre ya no
se atrevió a obligar a Reese a borrar la
cuenta, por mucho que hubiera mentido sobre
su edad para hacérsela. (Que es lo que hace
casi todo el mundo, por otro lado. En mi
opinión, mi madre exageraba.)

Lo que sí hizo fue abrirse una cuenta
en Trakas para poder vigilar lo que hacíamos.

NUESTROS PADRES (Mensajes de móvil)

Una locura lo d Reese. Tiene 5M triks.
Mira http://www.trakas.com...

Sigo sin entender q es

Clica el link

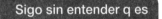

Dice q me tengo q registrar

Puedo entrar con tu nombre?

Eric, por favor

Ven a casa y lo miras aquí

Me muero hambre y niños como locos los dos. Claudia llorando sobre no sé q apuesta y Reese no para d correr y gritar

REESE

Es que estaba como una moto. Aquella noche no pude ni dormir. ¡Porque era FAMOSO!

CLAUDIA

Yo tampoco pude dormir. ¡Porque estaba MUERTA! Al ritmo al que mi traka de *Molino* me había ido dando seguidores, si quería alcanzar a Reese, tendría que componer, grabar y filmar vídeos de 1.000 canciones.

Y cuando me levanté al día siguiente ya eran más bien 2.000 canciones.

CAPÍTULO 8
EL REY DE LA CAFETERÍA

11.633.410 TRIKS

12.738
SEGUIDORES

CLAUDIA

El viernes por la mañana, cuando Reese llegó al cole, ya tenía más de 10.000.000 de triks y 12.000 seguidores. Y el colegio entero babeaba por él como si fuera una auténtica celebrity.

Hunter y Bryce casi lo tiran al suelo cuando entró. Le preguntaban: «¿Has estado con Kroketta? ¿Cómo es en persona?».

Absurdo. Porque lo único que había hecho Kroketta era retrakear a Reese. Y además vive en Finlandia.

Entonces apareció Natasha Minello y le pidió a Reese que le consiguiera el teléfono de Austin Flick. Aún MÁS absurdo. Porque, aunque Austin Flick lo había retrakeado, Reese no tenía ni idea de quién era.

después de Kroketta, habían RTK a Reese un montón de trakeros famosos

REESE

En la cafetería, un montón de chavalas se me pusieron en plan: «¿Irás a la TrakaFest? ¿Podrás buscarnos una cita con Body & Body?».

Y yo: «NO sé de qué me estáis hablando».

Pero entonces saltó Xander: «¡VAYA SI IREMOS AL TRAKAFIESTÓN! ¡¡¡Y AL ESCENARIO PRINCIPAL, SEÑORAS!!!».

se llaman Cody & Cody (Reese entiende aún menos que yo de trakeros famosos)

CLAUDIA

La TrakaFest es como un festival de música pero con trakeros famosos en vez de rockeros famosos. Se iba a celebrar el sábado de la semana siguiente en el aparcamiento del estadio de Citi Field.

Yo lo sabía porque Parvati llevaba SEMANAS hablando solo de eso.

APARCAMIENTO DEL ESTADIO DE CITI FIELD (donde se celebra la TrakaFest) (imaginãoslo lleno de adolescentes gritando como locos en lugar de coches o aficionados al béisbol)

PARVATI

¡OMG, TODOS mis trakeros favoritos iban a ir a la TrakaFest! Tyler, Marcel, Austin, Luke, Jimmy, Gina G, Wendy la Mala, Cody & Cody...

CLAUDIA

¡Y Reese y Xander!

Solo que no. Porque, aunque Xander les dijo a todas las chicas de la cafetería que irían a la TrakaFest, solo podían hacerlo si compraban la entrada. Los 12.000 seguidores de Reese podían parecer una inmensidad en Culvert Prep, pero no eran básicamente nada comparados con los millones de seguidores que tienen los auténticos trakeros famosos.

Y Xander no tenía ningún seguidor.

Ninguno, literalmente. No lo seguía ni Reese.

XANDER

¡Porque lo había vuelto a abrir, man! ¡Para bombardear con la marca Monstroflipa!

REESE

Mi nombre de juego siempre ha sido «Monstruoflipao». No solo en Trakas, sino en todas partes. Y el de Xander siempre ha sido «XLoRemata».

Pero cuando decidimos formar equipo y mi traka consiguió los 10.000.000 de triks, Xander cambió SU nombre de Trakas a «Monstruoflipao_X».

| Monstruoflipao_X | 0 SEGUIDORES | 54 SEGUIDOS |

Se puso como una moto cuando Akash le preguntó si nos habíamos casado.

AKASH

Le dije: «Veo que has adoptado el nombre oficial de Reese… ¿También piensas quedarte en casa *full time* a cuidar de vuestros monstruitos flipaos?

XANDER

No tuvo gracia, man. NINGUNA GRACIA.

AKASH

Pues sí que debía de tenerla porque recuerdo a toda la cafetería riéndose de ti.

(Akash no es nada fan de Xander)

CLAUDIA

Que conste que cuando Reese me dijo de camino al cole que él y Xander iban a formar equipo para convertirse en trakeros famosos como Kroketta333 o Cody & Cody, le advertí que era una pésima idea. Y no solo porque significaba romper su promesa de no colgar más trakas hasta que terminara mi apuesta con Athena.

REESE

¡TENÍA que seguir colgando trakas! Porque, siento decirlo, pero para ti ya era imposible ganar la apuesta. Y, como yo ya lo había petado, ¡Xander tenía la tira de ideas para pasar a nivel pro y ganar un montonazo de dinero colgando trakas!

CLAUDIA

¿Qué clase de ideas?

REESE

Bueno, AÚN no las tenía. Más bien tenía ideas para tener ideas.

Y se podía hacer. Totalmente. ¡Kroketta ~~falso~~ se saca un millón de dólares a la semana! (pq Kroketta es finlandés) (se saca un millón de <u>euros</u>) (no dólares)

AKASH

Kroketta gana una pasta loca, sí. Pero sobre todo en MiTubo, porque Trakas no tiene publicidad. Lo único que te dan 10.000.000 de triks son derechos de chuleo. Para sacar dinero de los triks hay que ser listo.

Y eso ya descalificaba a Xander y a tu hermano.

CLAUDIA

Mientras medio colegio babeaba con Reese y él soñaba con ser trakero profesional, yo me escondía en la biblioteca para evitar a las fembots. En concreto, me hallaba en la sección de referencia, el escondite perfecto porque nunca lo pisa nadie.

PARVATI

Yo ni siquiera sabía que existía la sección de referencia. Es como el rincón secreto de la biblioteca. Como Narnia.

SECCIÓN DE REFERENCIA
(también conocida
como Narnia)

CLAUDIA

Además, la sección de referencia está lo bastante lejos de la mesa de préstamos de la señora Finch como para que Parvati, Sophie y yo pudiéramos hablar en voz baja sin que nos pillaran. Porque yo necesitaba desesperadamente hablar para ver cómo salía del lío de mi apuesta con Athena.

Reese tenía razón: para mí ya era imposible ganar la apuesta. Pero, como todos los de mi curso me habían visto aceptarla, echarme atrás a esas alturas supondría una enorme humillación.

Y, además de resultar horrible y vergonzoso, podría destruir mi carrera política. (Soy la presidenta de mi curso) (si queréis saber cómo fue la desquiciada campaña electoral, leed LOS GEMELOS TAPPER QUIEREN SER PRESIDENTES)

SOPHIE

Sí, estaba claro que algunos lo utilizarían contra ti en tu campaña para la reelección.

Pero colgar una traka en la que te defines como pringada y tonta TAMBIÉN sería utilizado como arma electoral.

CLAUDIA

Creía que podría encontrar algún vacío legal en el contrato. Como por ejemplo

filmarme diciendo «SOY LA MÁS PRINGADA...».
etc. En una acera junto a alguien taladrando
el suelo para que no se me oyera.

SOPHIE

Mala idea. Arma electoral.

PARVATI

Te estabas rindiendo demasiado pronto.
¡Eres una cantautora INCREÍBLE! Y aún tenías
dos semanas para lograr la fama en Trakas!
Como dice Marcel Mourlot: «Si puedes *(Parvati con*
soñajlo, ¡es que puedes SEJLO!». *el acento*
francés
(TRAKA MÁS POPULAR DE MARCEL MOURLOT) *de Marcel)*

MarcelOficial   574.832.275 TRIKS

SI PUEDES SOÑARLO, ES QUE PUEDES SERLO!!!!!!!!

Solo tenías que hacer lo mismo que Reese: conseguir que un trakero famoso te retrakeara. ¡Como Marcel! ¡Tiene 30 millones de seguidores! ¡Y encima iba a ir a la TrakaFest!

¡Lo único que tenías que hacer era ir a la TrakaFest, conocer a Marcel y pedirle que te retrakeara! Pan comido.

CLAUDIA

NO era pan comido. Porque cuando fui a buscar entradas por Internet vi que la única forma de conocer en persona a cualquiera de los trakeros famosos era comprando una entrada «VIP platino» con opción «Conoce al artista». Y costaba 500 dólares, que CLARAMENTE YO NO TENÍA. Y ni teniéndolos, porque se habían agotado.

PARVATI

Yo había comprado una entrada normal de 30 dólares, pero decidí ir a pasar la noche a la entrada para ser la primera de la cola. Así, cuando Tyler Purdy pasara volando en su helicóptero, me vería y se daría cuenta de que soy su fan más fan de todas las fans. Y me sacaría de la cola y me llevaría entre bastidores y me daría fresas para almorzar.

SOPHIE

¿Cómo sabías que iría en helicóptero?

PARVATI

No lo sabía. Tampoco estaba muy segura de lo de las fresas. Pero era lo que había puesto en mi fanfic. Y «SI PUEDES SOÑAJLO, ¡ES QUE PUEDES SEJLO!».

↖ FANFIC = fan fiction = historias inventadas sobre gente no inventada (y/o personajes de libros/pelis/TV)

FRAGMENTO DEL FANFIC DE PARVATI SOBRE TYLER PURDY

No teníamos que enamorarnos   ©Parvati Gupta   p.4

... entre bastidores. Hay unos cuantos sofás de diseño y pantallas con todo tipo de consolas imaginables. Vamos hacia un enorme sofá azul pasando por delante de Austin Flick. Está jugando a la Xbox.

—¿Qué hay chaval? —dice Tyler.

—¿Mmm? Hey...

—Te presento a Parvati. Nos acabamos de conocer.

—Eo, Parvati —dice Austin—. Genial conocerte.

—Lo mismo digo —contesto como si nada. No quiero parecer una pringada.

Nos sentamos en el enorme sofá azul. Los cojines son tan blanditos que podría quedarme dormida allí para siempre.

—Tienes unos ojos preciosos —dice Tyler—. Cuando los vi desde el helicóptero supe que tenía que conocerte. Quiero saberlo todo de ti. ¿Cuál es tu color favorito?

—Azul —le digo—. El mismo azul de tus ojos.

—¡No me digas! —dice—. ¡También es mi color favorito! ¿Te gustan las fresas?

—Me ENCANTAN las fresas —contesto. Porque es verdad—. Son mi fruta preferida de toda la vida.

—¡Guau! ¡Qué fuerte! —dice Tyler—. Creo que somos almas gemelas.

Se saca el móvil del bolsillo. Tiene una funda brillante.

—¡Oh, Dios! ¡Tenemos la misma funda de móvil! —Saco el mío y se lo enseño.

—¡¿Qué me dices?! —exclama—. ¿Qué nombre de usuario tienes?

Le digo que es @parversa. Como le cuesta escribirlo, le cojo el móvil y se lo pongo en ClickChat. Cuando se lo devuelvo nuestros dedos se tocan durante un segundo. Siento como si me diera la corriente pero sin dolor.

—Genial —dice—. Ya te estoy siguiendo. Fíjate: ¡un montón de seguidores ya se han puesto a seguirte!

Le cojo el móvil. En cinco segundos he ganado setecientos mil...

CLAUDIA

Digamos que en la biblioteca no resolvimos mi problema. Y, aunque esperé hasta el último segundo posible para ir a la taquilla, en cuanto salí al pasillo vi a Athena y las fembots esperándome como buitres.

Al verme empezaron a cantar: «¡CLAUDITITA NO HAY QUE LLORAAAR...!».

Entonces Athena gritó: «¡EH, PERDEDORA! ¿Quieres hacerte la traka ahora y te lo quitas de encima? ¡Yo te ayudo con la grabación!».

Y yo grité: «¡Tengo dos semanas, Athena!».

Y ella gritó: «¡Lo sé! Va a ser TAAAAN divertido verte caer!». Y todas se pusieron a reír como las brujas que eran.

Empecé a abrir la taquilla conteniendo las lágrimas. Al abrir la puerta vi una nota misteriosa que alguien había metido por la ranura.

NOTA MISTERIOSA

¿QUIERES GANAR A ATHENA?

Yo puedo ayudarte...
Quedamos en Wagner Cove,
Central Park hoy a las 15:30...

¡¡¡VEN SOLA Y NO SE LO DIGAS A NADIE!!!

Mi identidad tiene que mantenerse
en secreto.

El Chupacabras

¿El Chupaqué?

CAPÍTULO 9
EL MISTERIOSO
CHUPACABRAS

CLAUDIA

Lo primero que sentí cuando vi aquella carta fue «esperanza».

Lo segundo que sentí fue «sospecha». Porque pensé que podrían ser las fembots tomándome el pelo.

Pero Carmen me contó que el Chupacabras era una especie de monstruo legendario de México que chupa la sangre de las cabras. Y, por fácil que fuera imaginar a las fembots como vampiros que se dan un banquete con animales de granja mexicanos, no lo era tanto imaginarlas poniéndose a sí mismas un apodo así. Por mucho que quisieran tomarme el pelo.

Además, estaba desesperada. Así que decidí arriesgarme y quedar con el autor de la nota. Pero, como todo era tan tétrico, aunque me había dicho que fuera sola, les pedí a Parvati y a Carmen que me acompañaran.

SOPHIE

Yo también te habría protegido. Pero tenía extraescolar de ballet.

CLAUDIA

Tranquila, Sophie. Sé lo mucho que has trabajado en tu *grand jeté*.

La nota me citaba en Wagner Cove, un punto apartado que hay junto al lago de barcas de Central Park. Tiene un banco cubierto al que van a enrollarse los adolescentes.

WAGNER COVE: buen lugar para encuentros secretos (y/o morreos adolescentes)

Antes de coger la senda que lleva al banco del lago, las tres nos pusimos las llaves de casa en el puño con las puntas sobresaliendo entre los dedos por si nos atacaban.

PARVATI

Yo ya estaba preparada para cargarme a cualquiera que se metiera con nosotras, pero cuando llegamos al banco no había nadie.

CARMEN

Yo pensé que a lo mejor sí que había sido una broma.

Pero de pronto una voz grave y cavernosa detrás de nosotras dijo: «¡Te he dicho que sola!».

como la que pone Batman en las películas

CLAUDIA

Primero la voz nos dio un susto de muerte.

Pero luego nos dimos la vuelta y vimos que era James Mantolini.

Y enseguida lo vi claro. James es a todas luces la persona más rara que conozco. Supongo que hacerse llamar «Chupacabras» y citarme en secreto sería como poco la tercera cosa más rara que habría hecho ese día.

Por otra parte, James es también la persona que en más líos se mete de todo nuestro curso. De hecho, si nos teníamos que ver en secreto era porque tenía problemas con la ley.

Y con «la ley» me refiero a la subdirectora Bevan.

JAMES MANTOLINI, liante profesional

Tengo técnicamente prohibido usar Internet hasta fin de curso. Si me pillan conectándome para algo que no sea trabajo del cole, me expulsarán.

Por eso para poder ayudarte teníamos que pasar a la clandestinidad más absoluta.

CLAUDIA

¿Por qué te han prohibido usar Internet?

JAMES

Parte del acuerdo entre mis padres y el colegio es que no puedo contarlo. Baste con decir que la subdirectora Bevan es MUCHO más consciente ahora que antes de lo importante que es tener la contraseña bien protegida. Sobre todo la de su perfil para webs de citas.

PARVATI

¿La subdirectora Bevan tiene un perfil para webs de citas?

JAMES

Sin comentarios. Ya he hablado demasiado.

CLAUDIA

Teniendo en cuenta los riesgos que corría James, al principio no entendía mucho por qué quería ayudarme.

JAMES

Por dos razones: primera, no me gustan las fembots y, segunda, había dinero de por medio.

CLAUDIA

James me dijo que, si yo ganaba la apuesta, él quería la mitad de los mil dólares de Athena. A mí eso me parecía bien. Aunque de entrada dudaba un poco sobre su capacidad de conseguirme 20.000 seguidores en Trakas.

Reese había ganado
8.000 SEGUIDORES MÁS
desde la hora del desayuno

JAMES

Luego te hablé de mi meme «Cucaracha inoportuna».

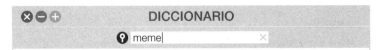

DICCIONARIO

🔍 meme   ✕

meme: m.
Imagen, vídeo, etc., que se difunde muy deprisa, sobre todo por Internet.

CLAUDIA

Nunca había oído hablar de «Cucaracha inoportuna», pero cuando la busqué en Google me dio un millón de resultados.

JAMES

Yo creé ese meme. ¿Sabes cuántos resultados daba «Cucaracha inoportuna» antes de que yo lo lanzara? Seis.

MEME DE LA "CUCARACHA INOPORTUNA" DE JAMES
(en Internet he encontrado la tira)

CARMEN

¡Sí, hombre! ¿De qué vas a haber creado tú ese meme, James?

PARVATI

Yo tampoco me lo creo.

JAMES

No tenéis por qué creerme. Yo sé que es verdad y ya está.

CLAUDIA

Yo no estaba para que me importara si James mentía o no. Lo contraté igualmente. Y le pregunté qué había que hacer después.

JAMES

Dije: «Primero y ante todo, deja de intentar que funcionen tus vídeos musicales.

En Trakas solo hay tres tipos de contenidos que se vuelven virales: tonterías, violencia y chavales guapos».

CLAUDIA

Contesté: «Pues está claro que yo no soy un chico guapo. Y no me gusta la violencia. Supongo que habrá que tirar hacia la tontería».

JAMES

Y yo dije: «No, no, no. No vamos a correr ningún riesgo. Tienes que ir a por las tres cosas. A la vez».

Porque, si se te ocurrieran trakas que fueran tontas, violentas y ENCIMA tuvieran un chaval guapo, lo PETARÍAS.

CLAUDIA

A mí las tres cosas a la vez me parecía imposible, pero James me dijo que fuera paso a paso. Lo primero que necesitaba era un chico guapo dispuesto a salir en mis trakas.

PARVATI

Yo sugerí a Reese. ¿Que por qué? Porque, seamos justos, es bastante mono.

CLAUDIA

No sonaba nada bien. Y daba un poco de corte. Además, las normas de la apuesta decían que Reese no podía ayudarme. Si salía en mis trakas, Athena me acusaría de hacer trampas.

CARMEN

Yo sugerí a Jens. No solo porque es monísimo, sino porque te debía una y bien grande por haberte roto el corazón. Y, como se sentía culpable, podrías convencerlo fácilmente.

CLAUDIA

Era cierto. Desde que rompimos, Jens intentaba que volviéramos a ser amigos, pero, aunque yo ya lo tenía bastante superado, aún creía que debíamos poner distancia entre nosotros durante un tiempo. Unos diez años. O más.

Cuando James se enteró de que habíamos roto me preguntó: «¿Estás muy enfadada con él?».

Contesté: «Un poco».

JAMES

Y entonces le dije: «¿Lo bastante como para darle en la cabeza con un bate de béisbol?».

CLAUDIA

Y yo le respondí: «¿Con un bate de béisbol de VERDAD? No. Soy una persona pacífica».

JAMES

Y yo le dije: «¿Y con uno de mentira? ¿Un bate infantil de plástico?».

CLAUDIA

Contesté: «Bueno, supongo que entonces sí podría».

JAMES

Con eso ya teníamos cubierto lo de la violencia y lo del chaval guapo. Ahora solo faltaba rematarlo con alguna tontería.

CLAUDIA

Empezamos a sacar mil ideas malísimas ← para lo de «tonterías» hasta que recordé el disfraz de Flubby. El novio de Ashley, Andy, también se licenció en Teatro Musical, lo que quiere decir, desde el punto de vista laboral, que la mayor parte del tiempo es camarero. Pero últimamente también ha trabajado disfrazado en Times Square.

OTRAS IDEAS MALÍSIMAS:
- zapatos de payaso
- sombrero ridículo
- cantar mal
- ruidos de mo
- etc.

Eso lo sabía porque hacía tiempo Ashley me había enseñado una foto de él paseando por su casa con el disfraz de Flubby puesto.

ANDY, NOVIO DE ASHLEY (disfrazado de Flubby)
(no sé muy bien por qué lleva eso para jugar a la Xbox)

Para los que no tuvisteis infancia o no os dejaban ver la tele de pequeños, os explico que Flubby es un personaje del programa *Barrio Perejil*. En Times Square suele haber como mínimo media docena de personas disfrazadas de Flubby para hacerse fotos con los turistas a cambio de dinero.

Pensé que el disfraz podría irme bien porque Andy es bastante bajito. isin ánimo de ofender, Andy!

Y, como también es muy majo, estaba convencida de que me lo prestaría.

JAMES

Vale, lo que voy a decir es un poco
para flipar, pero, cuando oí las palabras
«disfraz de Flubby», «bate de béisbol» y
«chico guapo», TODO cobró sentido. Tuve una
visión alucinante de una historia de terror
sobre un Flubby con un bate de béisbol
persiguiendo a un chaval por Central Park.

Y me di cuenta de que la única razón de
haber venido a este mundo era convertir esa
visión en la serie de trakas más ingeniosa
y célebre de todos los tiempos.

PARVATI

La verdad es que fue un momento extraño
cuando James puso aquella mirada de loco
y te agarró por los hombros gritando:
«¡Claudia, TE VOY A HACER FAMOSA!».

Y luego añadió: «Bueno, bien mirado,
no, porque irás disfrazada de Flubby. Pero
¡FLUBBY SE VA A HACER FAMOSO!».

Y eso no tiene sentido porque Flubby YA
es famoso. Al menos entre los más pequeños.

CLAUDIA

Lo que dice James casi nunca tiene
sentido. Pero a mí me gustó su entusiasmo.

Y, cuanto más lo pensaba, más me parecía que lo de disfrazarme de Flubby y darle a Jens con un bate en la cabeza no solo podría hacerse viral y resolver mi problema con las fembots, sino que también podría contribuir a mi proceso de sanación.

Lo único que tenía que hacer era convencer a Jens que dejarse pegar en la cabeza por un personaje infantil delante de millones de personas era una buena idea. (si había^ suerte)

+

+

=

VICTORIA!!!
(y también SANACIÓN)

CAPÍTULO 10
REESE Y XANDER
(CREEN QUE) PASAN A NIVEL PRO

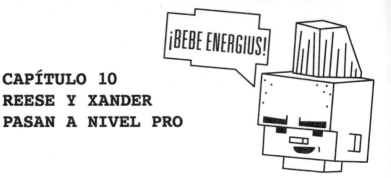

¡BEBE ENERGIUS!

CLAUDIA

Aunque el colegio entero babeaba por él y aunque, al término de las clases, había conseguido 15.000.000 de triks y 20.000 seguidores, Reese mantuvo la calma y los pies en el suelo. Sabía que había tenido un increíble golpe de suerte y que su momento de ser famoso en Internet acabaría tan deprisa como había empezado.

O sea, que era IMPOSIBLE que mi hermano dejara que se le subiera todo a la cabeza, se obsesionara con ser trakero famoso, dejara que Xander le vendiera un montón de ideas absurdas para ganar dinero, hiciera el ridículo intentando ponerlas en práctica y se le fuera la olla.

Es broma. Eso es EXACTAMENTE lo que hizo Reese.

REESE

Aquel día en el cole me pasé todo el tiempo pidiendo permiso para ir al lavabo y encerrarme a mirar el Trakas en el móvil. ¡Mi

contador de triks era SUPERALUCINANTE!
No paraba de hacer «¡SSSSSSZZZZZZZZZ!».

onomatopeya inventada que significa "subiendo muy deprisa")

De verdad, no podía dejar de mirarlo. Una de las veces perdí el sentido del tiempo y la señora Berner tuvo que enviar a Dimitri a buscarme al cuarto de baño.

15.444.602 TRIKS

DIMITRI

Como le vi los pies por debajo, llamé a la puerta del váter y le pregunté si estaba bien.

Me contestó: «¡Estoy que exploto, tío!».

Y yo dije: «¡Puaaaj! ¡Qué guarro!».

Pero se ve que no era lo que yo creía.

REESE

Después de clase fui con Xander a su casa para ver cómo podíamos llevar lo de Trakas al siguiente nivel.

XANDER

Le dije: «¡Ya toca convertir a los seguidores en MAZO de dinero!».

21.110
SEGUIDORES

CLAUDIA

Xander, sabes que los 20.000 seguidores eran TODOS de Reese, ¿verdad? Tú en aquellos

momentos tenías más bien dos. O quizás tres,
si es que tu madre te seguía.

XANDER

¡Mira que eres ignora, Claudéfica! ¡Ressi
y yo COMPARTÍAMOS seguidores! ¡Éramos equipo!

Además, el currante era yo. Ressi se
pasaba el día dejándose los ojos en el
contador de triks. Y yo buscando en el
gúguel «cómo ganar dinero con Trakas» y
otras mandangas.

Apodo que Xander le ha puesto Reese

artículo que encontró Xander en Internet

CÓMO GANAR DINERO CON TRAKAS

Es la red social más caliente del momento, y los trakeros famosos están convirtiendo sus millones de seguidores en millones de dólares. ¿Podrías TÚ también hacerte rico con Trakas? ¡Te lo contamos!

¡Encontré un artículo que lo decía bien
clarito! Para ganar moni bueno solo necesitábamos
tres cosas: ¡APARICIONES, MARCAS Y MERCHAN!

REESE

«Apariciones» es presentarse en alguna
parte y que te paguen solo por estar ahí.
Como en lo de la TrakaFest.

XANDER

Total, que escribí a la peña de Trakas. Les dije: «¡Eo, los Monstruoflipaos ya podemos pasarnos por ahí! ¡Ponednos en el grande, gente!».

XANDER (mail para Trakas.com)

❌ ➖ ➕ MONSTRUOFLIPAOS EN TRAKAF...

✕ ← ⇐ → ✉

De: XLoRemata@gmail.com
Para: Marketing@Trakas.com
Fecha: 13/03/17 16:35:06
Asunto: MONSTRUOFLIPAOS EN TRAKAFEST NY!!!!!

K PASA COLEGAS D TRAKAS?

MONSTRUOFLIPAO Y MONSTRUOFLIPAO_X PUEDEN IR A TRAKAFEST NY SEMANA K VIENE.

ESTAMOS SUBIENDO A LO GRANDE (20 MIL AHORA, PROB 1 M LA SEMANA K VIENE). APROVECHAD AHORA!

DADNOS UN TOKE Y DECID CUANTO PAGAIS

SOMOS LOCALES NO NECESITAMOS HOTEL. SOLO LIMUSINAS Y RESTO

MONSTRUOFLIPAO_X

CLAUDIA

(sarcasmo) — Me gustaría hacer un inciso aquí para expresar lo mucho que me sorprendió que nadie de Trakas respondiera al mail de Xander.

XANDER

Espero por su bien que se fuera al spam. Porque nadie pasa de X-Man y sigue vivo.

REESE

Luego Xander dijo: «Segundo paso: ¡MARCAS!».

XANDER

¡Marcas quiere decir anuncios! ¡Monstruoflipao vendiendo cosas a la peña!

REESE

Los contratos con las marcas son cuando cuelgas una traka diciendo «¡ME ENCANTA BEBER ENERGIUS! ¡TENÉIS QUE PROBARLO!».
Y entonces va Energius y te paga un pastón por hablar bien de su bebida.

CLAUDIA

Cierto… Excepto que, para que funcione, tienes que hacer que Energius se comprometa a pagarte ANTES de colgar la traka.

REESE

Sí, bueno, pero el artículo que leyó Xander no decía eso. Por eso colgamos antes la traka.

Pero en MetaWorld no hay latas ni botellas ni nada de eso y tuvimos que poner un tronco. Porque se parecen algo a las latas de refresco.

El logotipo de Energius salió raro en el tronco, así que lo dibujamos también en la pared. Luego pusimos mi avatar delante con el tronco en la mano como si estuviera bebiendo.

Yo no veía muy claro que quedara bien. Pero Xander soltó: «¡TRAKÉALO Y QUE NOS PAGUEN YA!».

Y le hice caso. Entonces Xander fue a la web de Energius y les dijo que nos pagaran.

FLIPAO BEBIENDO ENERGIUS!!

XANDER

Energius no tenía mail. Solo un rollo de formulario en plan: «Valoramos su opinión».

Lo rellené así: «Pues más OS VALE valorar esta opinión: ¡Monstruoflipao os va a DAR RIMA a la marca! ¡Dadle a esta traka, man! ¡Y luego dadnos un toque y soltad la cucaracha!».

en el idioma de Xander esto significa "dadnos dinero"

Pero aún no nos han dado el toque.

CLAUDIA   *(más sarcasmo)*

Insisto: me sorprende que Energius no les «diera un toque» ni enviara a Xander y a Reese un montón de dinero a cambio de una traka del avatar de Reese fingiendo que bebía un tronco.

REESE

Xander siguió: «Tercer paso: ¡merchan!».

Que quiere decir «merchandising» y que es vender a la gente camisetas, fundas de móvil y tal de Monstruoflipao.

Eso me molaba mucho. Imagínate lo guay que sería andar por la calle y cruzarme con alguien que llevara una camiseta de Monstruoflipao. Le diría: «¡Ese soy yo! ¡Chócala!».

Pero entonces Xander buscó «cómo hacerse rico vendiendo camisetas en Internet». Y resulta que es megadifícil.

XANDER

El artículo iba del palo «Cinco cosas que tienes que saber para vender camisetas». Y va la primera y dice: «¡No sacarás ni un centavo!».

¿Para qué leer las otras cuatro? ¡Pasando!

1. VENDIENDO CAMISETAS EN INTERNET (CASI SEGURO QUE) NO TE HARÁS RICO

La buena noticia: ¡montar tu negocio de camisetas en Internet no podía ser más fácil! La mala: los márgenes de beneficio son tan bajos y hay tanta competencia que el 99 % de la gente gana muy poco.

REESE

De camino a casa aquella tarde pensaba que, incluso sin las camisetas, las cosas iban muy bien.

Porque supuse que la TrakaFest nos pagaría por ir.

pues no

Y que Energius nos pagaría por la traka
que acababa de colgar. aún menos

¡Y que la nueva traka lo iba a petar
como lo había petado la primera! de ilusión también
se vive

Total, que tenía MUCHAS ganas de ver
qué más iba a pasar. cuando lo vio se
le pasaron de pronto (de verdad)

CAPÍTULO 11
EL ATAQUE DE
LOS SEGUIDORES

CLAUDIA

Cuando llegué a casa aquella tarde y confirmé que el novio de Ashley me prestaría su disfraz de Flubby, le mandé un mensaje a Jens.

Era nuestra primera comunicación oficial desde la separación.

CLAUDIA Y JENS (Mensajes de móvil)

YO → Hola! Q tal?

Hola! Bien y tú? ← JENS

Bien!

Si escribes somos amigos otra vez?

A lo mejor. T quería
pedir un gran favor

Sí, claro

Estás ocupado este finde?

Domingo tengo partido.
Pero sábado libre

Te importaría q te dé en la cabeza con un
bate béisbol d plástico en Central Park
disfrazada d Flubby mientras Carmen
lo graba para hacer una traka?

Creo que mi nivel de idioma no
tan bueno para entender esto

Tu nivel d idioma es bueno.
Lo q es raro es el favor

Quieres q juegue a béisbol en
parque con Carmen y Fluuber?

Vale, quizás no es tan bueno

Te explico por Facetime

<< 104 >>

CLAUDIA

Tardé un rato en hacer entender a Jens qué quería que hiciera. Y tardé aún más en convencerlo para que aceptara. Para cuando aceptó, el resto de la familia ya había vuelto a casa y, como era viernes, salimos todos a cenar.

HAN DYNASTY: un chino muy bueno (también muy picante)

Mi padre había abierto una cuenta en Trakas aquel mismo día para poder entender lo que nos estaba pasando a Reese y a mí. O al menos para intentarlo. Porque le estaba costando mucho captar qué era Trakas.

NUESTROS PADRES (Mensajes de móvil)

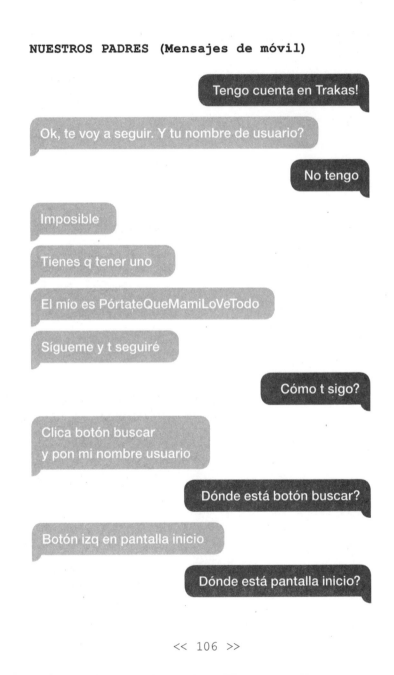

Tengo cuenta en Trakas!

Ok, te voy a seguir. Y tu nombre de usuario?

No tengo

Imposible

Tienes q tener uno

El mío es PórtateQueMamiLoVeTodo

Sígueme y t seguiré

Cómo t sigo?

Clica botón buscar
y pon mi nombre usuario

Dónde está botón buscar?

Botón izq en pantalla inicio

Dónde está pantalla inicio?

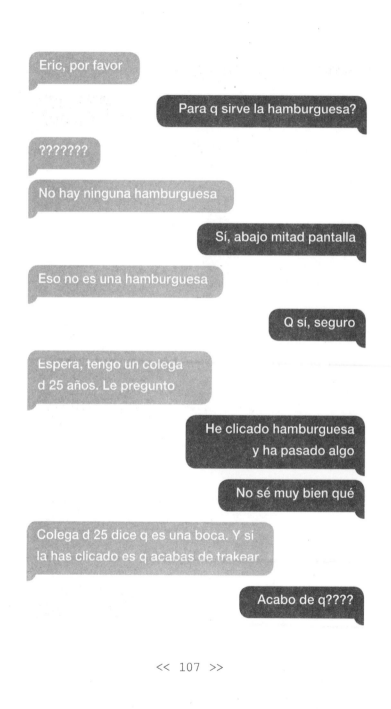

Eric, por favor

Para q sirve la hamburguesa?

???????

No hay ninguna hamburguesa

Sí, abajo mitad pantalla

Eso no es una hamburguesa

Q sí, seguro

Espera, tengo un colega
d 25 años. Le pregunto

He clicado hamburguesa
y ha pasado algo

No sé muy bien qué

Colega d 25 dice q es una boca. Y si
la has clicado es q acabas de trakear

Acabo de q????

PRIMERA TRAKA DE MI PADRE (colgada sin querer)

seguro que los 23 triks son míos, de mi madre y de Reese

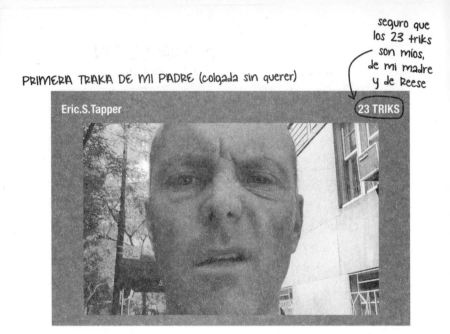

Eric.S.Tapper

23 TRIKS

CLAUDIA

Aquel día la cena fue un auténtico desastre. Mejor que lo cuente Reese.

REESE

Nuestros padres tienen una norma: en la mesa no puede haber móviles. Y aquel día cuando acabamos de pedir yo dije: «¿Quién quiere ver mi nueva traka?».

Porque estaba megaemocionado. Había estado comprobando el contador de triks y todavía no había despegado, pero me imaginaba que lo iba a petar en cualquier momento.

MODALES EN LA MESA

CONSEJO BÁSICO DE ~~INTERNET~~:
Es muy MALEDUCADO conectar
o quedarse mirando el móvil
cuando estás cenando
con otra gente.

CLAUDIA

Pregunta seria: ¿qué te hizo pensar que una traka de tu avatar fingiendo que se bebía un trozo de madera se iba a hacer popular? ¿Por qué iba alguien a mirar eso?

REESE

Claro… Dicho así, SÍ que parece una tontería.

Pero, bueno, como el otro tuvo tanto éxito, creía que este también.

O al menos un poco.

Total, que le pedí a mis padres permiso para sacar el móvil y enseñarles la traka.

Y enseguida soltaron: «¡Nada de móviles en la mesa!». Pero yo seguí pinchándolos. En plan: «¡Solo dura dos segundos! ¡Vaaa! ¡Me ha costado mucho hacerlo!».

Al final mamá dijo: «Vale, pero lo veremos en MI móvil». Sacó el móvil y se puso a ver la traka con papá.

CLAUDIA

Al principio parecían confundidos.
Mi madre dijo algo como: «No sé si lo he pillado…».

Y mi padre dijo: «¿Por qué se pega en la cara con un trozo de madera?».

REESE

Me puse a explicarlo. Pero entonces supongo que mamá empezó a desplazar la pantalla para leer los comentarios, porque de pronto soltó: «¡REEEESE! ¡PALABROTAS NO!».

CLAUDIA

La otra gran norma de mis padres aparte de lo de «nada de móviles en la mesa» es «nada de palabrotas en las redes sociales». No solo no nos dejan hablar mal a Reese y a mí, sino que, si otra persona suelta tacos en los comentarios de nuestras entradas, también nos obligan a borrar el comentario de ESA persona.

Dicen que todo lo que pasa en tu cuenta de Internet es un reflejo de ti como persona. Y que, si dejas que la gente suelte palabrotas en tu página de ClickChat o en tu página de Trakas, cuando seas mayor y busques

trabajo, los que contratan te buscarán en
Internet, verán los tacos y no te contratarán.
Yo le veo mucho sentido a eso que dicen.

CONSEJO BÁSICO DE INTERNET:
No escribas/cuelgues/subas
NADA que no quieras que vea
el mundo entero
(incl. amigos/enemigos/
abuelos/futuros contratadores/
novios/novias que no has
conocido aún/etc.)

REESE

aspiraciones
profesionales
de Reese = poco
realistas

   Pues yo no. Yo de mayor
seré futbolista profesional o trakero
famoso. En cualquiera de los casos no creo
que me afecte mucho que haya palabrotas en mi
página de Trakas.

CLAUDIA

   El caso que la nueva traka de Reese
NO estaba yendo bien entre sus 22.000
seguidores. Y se lo estaban haciendo saber.
Por eso, cuando nuestra madre miró los
comentarios, se encontró básicamente de
visita en Insultolandia.

COMENTARIOS DE TRAKAS

174 comentarios [cargar más]

@plutoamo **OMG esto es una p**▬▬

@MikeOscuro **k tontadaaa**

@cbaby24 **vaya** ▬ **de** ▬!!

@YodaRosa **una** 💩 💩 💩 **total**

@SrtaMalportona **en serio?** 😦 😦 ▬

@RitaLee **y qué pinta el tronco?????????»**

@bronkon **ES UN** ▬ **de** ▬**! A** ▬ **POR** ▬!!!

@truñozard **menudo** ▬ **de la gran** ▬

@TuPierdes **BUUUUU ESE TRONCO ES UN** ▬ **DE** ▬

@ArturoElDuro **es la traka más** ▬ **que he visto en mi** ▬ **vida**

REESE

A mamá se le fue la olla: «¡Borra ahora mismo esos comentarios o te cierro la cuenta!».

Y yo: «¿Qué comentarios?». Porque yo solo miraba el contador de triks. Ni siquiera me acordaba de que Trakas TENÍA comentarios.

Saqué el móvil para mirarlo y va mamá y me suelta: «¡Nada de móviles en la mesa!».

Y eso no tenía sentido. ¿En qué quedábamos? ¿Cómo iba a borrar los comentarios si no podía sacar el teléfono?

CLAUDIA

Mi madre es muy estricta con la norma «nada de móviles en la mesa», pero como también lo es con la de «nada de palabrotas en las redes sociales», un poco más y le estalla la cabeza.

Le dio a Reese treinta segundos para borrar todos los comentarios que tenían palabrotas. Pero cuando Reese vio los comentarios, se dio cuenta de que su última traka era un desastre. Y de que quizás su carrera como trakero famoso había acabado antes de empezar.

Y se puso HISTÉRICO.

REESE

No sabía qué hacer. Dije: «¡Tengo que borrar esta traka! ¡Pero no puedo! Porque a lo mejor Energius me quiere pagar por ella. Pero ¡no le gusta a nadie! ¿Y si pierdo a todos mis seguidores? ¡Tendría que pedirles perdón! ¡Pero la verdad es que se están pasando! ¿Debería defenderme? ¿O los bloqueo a todos? ¡Tengo que hablar con Xander! Pero ¡¡¡¿¿¿POR QUÉ MAMÁ NO PARA DE GRITARME???!!!».

CLAUDIA

Básicamente, aquel día cenamos chop suey, con arroz tres gritos y sopa de lágrimas.

Fue tan mal que ha pasado un mes y medio y a mi madre aún le da vergüenza volver al Han Dinasty. *Mi madre ha leído esto y ha dicho "Esperemos un mes más".*

Cuando llegamos a casa aquella noche, Reese habló con Xander y decidió borrar del todo la traka del refresco y el tronco. Si hubiera sido listo, se habría dado cuenta de que se le había subido a la cabeza y de que debía contentarse con su traka de absurdo éxito y abandonar la idea de hacer carrera en ese mundo.

Por desgracia, no fue listo.

CAPÍTULO 12
JAMES MANTOLINI,
ARTISTA TRAKERO VISIONARIO

CLAUDIA

Reese se pasó el fin de semana entero en modo pánico total por lo de su carrera en Trakas. Pero yo no estaba por él porque estaba demasiado ocupada sudando la gota gorda dentro de un disfraz de Flubby mientras James Mantolini me gritaba en Central Park.

Durante cinco horas. O sea, cuatro horas y cincuenta y cinco minutos más de lo que Jens y yo creíamos que duraría el rodaje.

Fue muy desagradable.

James (gritando)

yo
(recibiendo
los gritos)

Jens
(también
recibiendo
los gritos)

(fotografía:
Carmen)

**JENS KUYPERS, futbolista holandés/
rompecorazones/actor trakero amateur**

Todo el tiempo yo pienso: «¿Por qué
tanto rato? ¡Una traka es dos segundos!».

Nadie me dijo que hacemos treinta y
siete trakas.

Además, no me gustó tanto que James
me grite.

**JAMES, zumbado profesional/director de
vídeos trakeros**

Quien quiera peces que se moje el culo.

Yo iba muy en serio. Me había propuesto crear las trakas más atractivas y preparadas para la viralidad de todos los tiempos. Mi objetivo no era acumular 30.000 seguidores en la cuenta de Claudia; yo lo que quería era crear una experiencia cinemática episódica de formato corto TAN INCREÍBLE que revolucionaría todo el medio y cambiaría para siempre el concepto que la gente tiene de lo que puede ser una traka.

Por eso no creo que debáis preguntaros: «¿Me gritó James?».

Debéis preguntaros: «¿Consiguió James plasmar su visión creativa mientras sacaba de mí la mejor actuación posible?».

Y creo que las trakas hablan por sí solas.

CLAUDIA

La verdad es que las trakas quedaron muy bien. James creó una historia entera sobre un chico guapo al que persigue un Flubby trastornado por Central Park y luego la rompió en docenas de trakas de dos segundos. Y algunos eran para PARTIRSE.

También tenían un toque chungo y rarito, pero en plan bien.

JAMES

El título oficial de la pieza era *La amenaza peluda*. Estilísticamente hablando, bebía de la obra del director italiano Dario Argento. También del Correcaminos.

CARMEN, directora contrariada

contrariada =
enfadada/molesta

James es un vanidoso. Se cree que es Steven Spielberg.

JAMES

Pero ¿qué dices? Yo aspiraba a ser MUCHO más que Steven Spielberg. Él solo tiene que hacer una peli cada vez. Yo hice TREINTA Y SIETE trakas, cada una totalmente independiente pero que contaba una 37.ª parte de una historia más larga.

LA AMENAZA PELUDA

CLAUDIA

Carmen está muy dolida con toda la historia, porque creía que ELLA iba a dirigir las trakas igual que había dirigido mi vídeo musical.

Pero cuando se presentó, James le dijo que solo podría dirigir «la segunda unidad».

CARMEN

Todavía no sé qué significa eso. Lo único que sé es que James es un monstruo. Y que, después de dos horas oyéndole gritar, me fui.

JAMES

Fue una pena que Carmen se marchara tan pronto porque nos iba muy bien para mantener fuera de plano a los turistas.

TOMA MALA

turista que arruinó la toma

CLAUDIA

La verdad es que los turistas eran
un problema. Y no solo porque no paraban
de pasar por detrás de nosotros durante
las tomas.

Resulta que, si te pones un traje de
Flubby en cualquier parte de Nueva York, los
turistas dan por supuesto que estás ahí para
sacarte fotos con ellos.

Y muchos turistas no hablan nuestro
idioma. Y cuando venían a pedirme una foto,
era MUY difícil explicarles que yo no era
esa clase de Flubby.

Al final me di cuenta de que era más
fácil dejar que hicieran la foto.

yo
(Flubby)

turista que no
habla mi idioma
(me pagó
5 pavos
por la foto)

Lo bueno es que me pagaron por ellas y
gané treinta dólares. Se lo di todo a Jens,
porque me sentía muy culpable de haberlo
metido en aquello. Y no solo porque el rodaje
duró cinco horas y James no paró de gritarle
ni un minuto.

También porque descubrimos que hasta
un bate de plástico hace daño cuando te dan
con él en la cabeza una y otra vez.

LA AMENAZA PELUDA
(Traka n.º 33 de 37)
(en el vídeo, los gritos
de Jens son
100 % reales)
(pq me motivé un poco
más de la cuenta)

JENS

Yo estoy pensando: «Vale, el bate es solo de plástico, ¿cuánto daño va a hacer?».

Pero la respuesta es «Mucho». Tuve dolor en la cabeza tres días totales después.

JAMES

¿Qué quieres? Para hacer Arte en mayúsculas hay que sufrir.

LA AMENAZA PELUDA (Traka n.º 37 de 37)
(TOMA FINAL)

CAPÍTULO 13
REESE SALTA
EL TIBURÓN

CLAUDIA

Mientras yo recibía gritos vestida de Flubby en Central Park, Reese y Xander estaban llevando su carrera en Trakas al siguiente nivel.

Por desgracia para ellos, el siguiente nivel era aún más bajo que el anterior.

REESE

Cuando borramos la traka de Energius, sabía que teníamos que colgar más cosas. Mi primera traka seguía ganando triks, pero se había parado un montón. Y mi número de seguidores se había estancado en los 25.000.

Necesitábamos una continuación bestial. Quería hacer algo que fuera COMO MÍNIMO el doble de divertido que saltar desde una torre.

XANDER

Yo dije: «¡Pues hacemos la torre el
doble de alta, man!».

REESE (no era buena)

Me pareció buena idea. Así que nos pasamos
todo el sábado por la mañana construyendo
una torre MUUUUUUUUUUUUUUUUUUUUUUUUUUY alta
en MetaWorld.

Pero era tan alta que cuando el avatar
de Xander saltó, tardó cuatro segundos en
llegar al suelo. Y las trakas solo duran dos
segundos. No servía.

TORRE MUY ALTA DE REESE (de hecho, DEMASIADO alta)

Entonces pensé: «¿Y si corro contra algo muy deprisa? ¿Algo como una pared?». Así sería como el «¡PLAAAAAF!» de cuando nos tirábamos de la torre, pero de lado.

Empezamos a lanzar nuestros avatares contra las paredes, pero no se puede correr tan deprisa como para aplastarte. Solo te das un golpe y haces «MMMPPPFFF».

Entonces pensé: «¿Y si me disparo a mí mismo con un cañón?».

XANDER

Lo del cañón era tope, tope, tope.
Pero nos faltaba el cañón.

REESE

A ver, en MetaWorld no andas encontrando cañones tirados por ahí. Para conseguir uno tienes que hacerte un mod. Y para eso tienes que saber programar.

mod = modificar = crear un objeto personalizado en MetaWorld

Y Xander y yo no teníamos ni idea. Por eso se lo pedí a Akash, que es una especie de genio de los ordenadores.

AKASH

Imagínate: sábado por la tarde, yo sentado en casa pegándome un atracón de

capítulos de *Capitán Imposible* y va tu
hermano y me escribe por ClickChat.

POSTS CLICKCHAT (CHAT PRIVADO)

Reese

Akash

Monstruoflipao Eo, Akash, estás ahí?

DiosAmigo sí

Monstruoflipao Me haces un cañón????

DiosAmigo Imagino q t refieres a un cañón d MetaWorld y no a uno de verdad. ¿O se ha declarado alguna guerra civil en tu casa?

Monstruoflipao Sí, perdón, cañón MW

Monstruoflipao no de verdaz

Monstruoflipao quiero dispararme de un cañón para una traka

DiosAmigo Vale. Cincuenta pavos

Monstruoflipao En serio????????

Monstruoflipao Es flipador

DiosAmigo Tienes razón. Cincuenta no es nada. Mejor cien.

[Monstruoflipao ha invitado al chat a Monstruoflipao_X]

Xander

Monstruoflipao_X MAN, AK-47 KALASNICOF K MESTAS CONTANDO DE COBRAR CIEN??? ⬅ *apodo que Xander ha puesto a Akash*

DiosAmigo Hola, sra. Monstruoflipao, q tal la vida de casada?

Monstruoflipao_X NO TIENE GRACIA, MAN

Monstruoflipao_X NECESITAMOS CAÑÓN YA

DiosAmigo Si está Xander por medio, serán doscientos

Monstruoflipao_X HABER SI TE PARTO LA KARA

DiosAmigo Trescientos

Monstruoflipao puedes salir X?

Monstruoflipao_X SALIR ES DE KOVARDES

[Monstruoflipao ha bloqueado a Monstruoflipao_X en el chat]
DiosAmigo **Ahora te escucho**
Monstruoflipao **Porfaaaaaaaaaaaaaa! Puedes acerlo? No tengo dinero pero es super inportante**
DiosAmigo **Lo haré por el 20 % de tus ingresos y un cruasán de** ← chocolate de Hot & Crusty

la merienda favorita de Akash

Monstruoflipao **Ingresos es dinero?**
DiosAmigo **Sí, pero no tendrás ninguno. Porque no tienes ni idea. Pero si me traes un cruasán de chocolate en la próxima hora y media te construyo el cañón**

REESE

Total, que Akash nos construyó un cañón que lo flipas.

AKASH

No lo construí exactamente. Lo bajé de un sitio de software gratuito. En treinta segundos. ¡Pero los muy burros me trajeron el cruasán de chocolate a casa y gratis! Y eso le dio un puntazo a mi maratón de *Capitán Imposible*.

REESE

Hacer una traka con el cañón no fue tan fácil como creíamos. Primero, porque se tarda MUCHO más de dos segundos en meter tu avatar en un cañón y dispararlo.

Y segundo, porque, cuando te disparas desde un cañón, no sales volando lanzado al aire. Sales con todo el cuerpo hecho pedacitos.

Pero sin que dé risa. Da pena.

Entonces Xander tuvo una tormenta de ideas total.

"Tormenta de ideas" de Xander
"nublado con lloviznas ocasional[...]"

XANDER

Le dije: «¡Quédate ahí delante y te vuelo la cabeza!».

REESE

Puse la cabeza delante del cañón y me la voló. Fue para partirse el pecho.

Así que hicimos la traka. Y estábamos en plan «¡Lo vamos a petarrrr!».

TRAKA DEL CAÑÓN DE REESE/XANDER...

Monstruoflipao   23.485 TRIKS

71406 MK / 21965894 GZ
00:21:16

AAAAAY!!! MAN VOLAO LA KABEZA!!!
#MetaWorld

Y sí que LO PETÓ… hace dos años, cuando
Kroketta333 colgó una traka idéntica.

… Y TRAKA DEL CAÑÓN DE KROKETTA333
(de hace 2 años) (la tercera traka más popular de la historia)

Y después supongo que la peña le copió
a saco.

Cuando lo hicimos nosotros, lo de
volarse la cabeza con un cañón y colgarlo en
un traka ya no molaba. Daba pena. Y en los
comentarios que recibimos se soltaron los
haters.

XANDER

¡Los haters se PASARON, man!

COMENTARIOS DE TRAKAS

había más de 100, pero Reese tuvo que borrar los que tenían palabrotas

(**5 comentarios**)

@RitaLee **OMG penoso**

@MikeOscuro **Kroketta debería poneros una demanda**

@SrtaMalportona 💩 💩 💩 💩

@allestodo **hacía gracia las primeras 700000000 veces que lo vi!**

@bronkon **UNFOLLOW**

REESE

Lo peor no fueron todos esos haters de los comentarios. Lo peor es que cuando colgamos la traka perdí 1.000 seguidores. Y me entró el canguelo. Grité: «¡La peña se va! ¡Tenemos que colgar otra cosa YA!».

23.861
SEGUIDORES

(eran más de 25.000 antes de la traka del cañón)

Pero lo único que teníamos era la traka de la torre megaalta. Como duraba cuatro segundos, la partimos en dos trakas y las colgamos.

Y entonces perdimos otros 3.000 seguidores. Porque no le gustaron a nadie. La gente decía en los comentarios: «¡Han saltado el tiburón!».

@veganodeVegas **hala @Monstruoflipao acabao. Saltó el tiburón**

@maslistokelambre **yyyyy hemos saltado el tiburón**

@Wereworlder **tiburón triste: «PQ ME SALTAS?»**

Yo ni siquiera sabía qué significaba «saltar el tiburón», tuve que buscarlo. Y NO era bueno.

⊗ ⊖ ⊕   **DICCIONARIO**

📍 saltar el tiburón| ✕

saltar el tiburón | coloquialismo
Momento en el que una saga de películas o una serie de televisión acaba su potencial creativo y empieza una rápida decadencia de calidad marcada por la inclusión de hechos desesperados o inverosímiles (en referencia a un episodio de la serie *Happy Days* en la que el protagonista, Fonzie, saltó con esquíes acuáticos sobre un tiburón).

CLAUDIA

Bien mirado, la cosa tiene mérito, porque la mayoría de las series de la tele no saltan el tiburón hasta que llevan unos cien episodios. Reese y Xander lo saltaron cuando llevaban una traka.

CAPÍTULO 14
LA AMENAZA PELUDA ME SALVA LA VIDA

CLAUDIA

Para cuando volvimos al cole el lunes, Reese había caído de su máximo de 25.000 seguidores del sábado por la mañana a los 21.000.

Y eso me animó… pero seguía teniendo 20.800 seguidores más que yo. Por eso tenía tanta prisa para empezar a colgar las trakas de *La amenaza peluda*. Desde que acabamos el rodaje en Central Park el sábado no había parado de insistirle a James para que me dejara empezar.

CLAUDIA Y JAMES (Mensajes de móvil)

Hola! Ya tienes las trakas?

Casi todas. Ahora fase d posproducción

Pq no me envías las primeras y las cuelgo?

Mañana las traigo al cole en un pen

No me las puedes mandar por mail?

Q parte de «Tengo prohibido usar Internet» no has entendido?

Vale, vale, perdón

Mientras esperas deberías apuntarte a otras redes sociales

Para hacer crossposting que atraiga más tráfico

Q buena idea! Q redes recomiendas?

> Por ahora solo estoy en ClickChat y Trakas

Apúntate a Flippy, Blableo, Detodoymore, Leyendri, Shout y Kimchi

> Todo eso existe de verdad?

Sí

> Acabo d mirar Kimchi y, ejem... está en coreano

Tú apúntate igualmente. Usa el traductor de Google

> En serio?

Confía en mí. La amenaza peluda lo PETARÁ en Corea

CLAUDIA

Me apunté a todos los sitios que me dijo James que me apuntara, incluido Kimchi.

Bueno, CREO que me apunté a Kimchi, porque cuando puse el mail de confirmación en el traductor de Google salió:

«¡Felicidades! Usted puede usar fermentada la col. Si usted puede ser usado para sazonar, pulse aquí».

Vaya, que no sé muy bien cuál es mi situación en Kimchi.

Luego vinculé todas las redes con Trakas para que avisaran de todo lo que colgara. Sin embargo, como James no me trajo hasta el lunes el pendrive con todas las trakas, tuve que esperar hasta ese día después de clase para empezar a colgarlas.

PENDRIVE QUE ME DIO JAMES

ALERTA SPOILER: las orejas puntiagudas tendrán un papel importante en la historia

Quedaban once días de apuesta, por lo que James me asignó un ritmo de cuatro trakas diarias. También me dijo cuándo colgarlas, qué hashtags usar, qué trakeros etiquetar y cómo mentir para que nadie supiera que él había tenido algo que ver.

versión oficial: primo el rarito os pidió a Jens y a mi que le ayudáramos con su peli estudiantil

JAMES

Como artista debo decir que no poder recibir el crédito por mi trabajo fue doloroso.

Pero no tanto como lo hubiera sido ser expulsado si la subdirectora Bevan me hubiera pillado haciendo algo en Internet.

Eso sí, siempre podría revelar mi identidad al acabar el curso, cuando *La amenaza peluda* se hubiera convertido en un fenómeno mundial.

CLAUDIA

Colgué las cuatro primeras trakas cada dos horas entre las 15:30 y las 21:30 del lunes. Para ser un fenómeno mundial, arrancaron flojito.

LA AMENAZA PELUDA
(Traka n.º 1 de 37)

claudaroo   864 TRIKS

LA AMENAZA PELUDA 1

De hecho, empezó tan flojito que el martes por la mañana tuve que volver a esconderme antes de clase en la biblioteca para que las fembots no se rieran de mí.

Y cuando me crucé con ellas en el pasillo antes de la segunda clase y Athena gritó «¡Buen intento, Claudia! ¡Qué trakas tan PATÉTICAS!» se me encogió el estómago porque pensé que quizás tenía razón.

Estaba tan preocupada que —como algunas de las trakas eran mucho más divertidas que otras— le sugerí a James replantearnos la estrategia y colgar antes las más divertidas.

JAMES

Una idea absurda. ¿Le pedirías a Herman Melville que cambiara el orden de los capítulos de *Moby Dick* para que la ballena saliera antes?

CLAUDIA

No lo sé, no he leído *Moby Dick*.

JAMES

No te gustaría nada. No salen chicos guapos.

CLAUDIA

Eso es muy sexista, James.

Total, que al acabar las clases el martes, las cuatro primeras trakas estaban alzando el vuelo. Cada una tenía más de 8.000 triks y yo tenía 75 nuevos seguidores.

Y, cuando después colgué las trakas 5 a 8, *La amenaza peluda* empezó a coger velocidad real.

292
SEGUIDORES

PARVATI

Solo una cosa: la traka número 6 es mi preferida. Parecía la escena de una peli de verdad.

claudaroo   64.321 TRIKS

LA AMENAZA PELUDA 6

WYATT

Las cuatro primeras trakas eran raras. Yo no entendía muy bien de qué iba. Le dije a Reese: «Oye, ¿qué le ha pasado a tu hermana en la cabeza?».

Pero, cuando salieron las cuatro siguientes y Flubby empezó a perseguir a Jens, dije: «Un momento, un momento... esto es ¡LA BOMBA!».

JENS

Al principio, no los vi. Porque no tenía cuenta de Trakas.

Y también porque mi cabeza aún me dolía por el bate. Quería olvidarlo todo.

Pero después del entreno de martes, hay trakas nuevas y Wyatt se las enseña a todos en su móvil. Y todo el equipo dice: «¡Es genial!».

Y abro una cuenta en Trakas para mirar todo. ¡Y casi enseguida tengo cincuenta seguidores!

CLAUDIA

El miércoles después de clase, seis de las ocho trakas habían superado los 40.000

triks, la número 6 tenía 60.000
triks y yo me acercaba a los 1.000
seguidores.

Entonces colgué las trakas 9 a 12 y la
cosa empezó a despegar muy EN SERIO.

claudaroo · 26.855 TRIKS

LA AMENAZA PELUDA 10

Era tan emocionante que no hice
prácticamente nada de deberes en toda la
noche.

POSTS DE CLICKCHAT (CHAT PRIVADO)

Parversa OMG @claudaroo HAS VISTO TUS NÚMEROS????
😼 😼 😼 😼

claudaroo No puedo dejar de mirarlos 👁 👁

claudaroo Engancha mucho

claudaroo La traka 10 ha tenido 25.000 en solo 2 h!!!

laguti_guay Mira que odio a James, pero esto es muy bueno.
Muy divertido

sophie_k_nyc OMG MIRAD LA PANTALLA PRAL DE TRAKAS

Parversa AAAAAAAAH! @claudaroo ERES TRENDING!!!!!

Parversa #AMENAZAPELUDA PRIMERA!!! ❗

laguti_guay FLIPO MUCHOOO!!! 😺 😺 FELICIDADES!!!!

claudaroo Chicas, no me lo creo

claudaroo La 6 acaba de pasar los 100.000 triks!! 😁 😁 😁

claudaroo Y más de 1.200 seguidores

laguti_guay Cuántas trakas te quedan por colgar?

claudaroo Un montón. 37 en total. Solo he colgado 11

laguti_guay es increíble!!! Vas a ganar la apuesta!!!!
😊 😊

Parversa OMG CODY&CODY HAN RETRAKEADO!!!!!
YUJUUUUUUUUUUUUUU!!!!!!!

CLAUDIA

Para cuando nos acostamos aquel día,
#AmenazaPeluda llevaba dos horas siendo
trending en la pantalla principal de Trakas,
un par de trakeros famosos la habían
retrakeado y yo superaba los 1.500 seguidores.

El plan de James funcionaba: se estaba volviendo viral. Antes de que llegara mi madre y me hiciera apagar ya todas las pantallas, escribí a James para agradecérselo.

CLAUDIA Y JAMES (Mensajes de móvil)

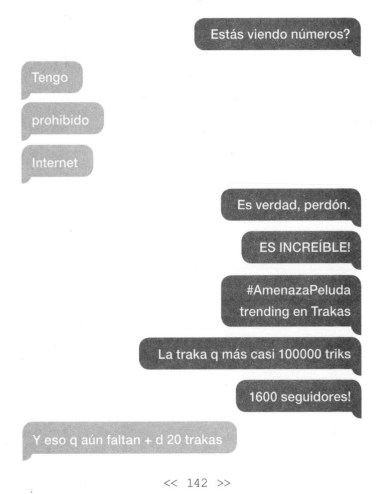

Estás viendo números?

Tengo

prohibido

Internet

Es verdad, perdón.

ES INCREÍBLE!

#AmenazaPeluda trending en Trakas

La traka q más casi 100000 triks

1600 seguidores!

Y eso q aún faltan + d 20 trakas

Exacto

MIL GRACIAS, JAMES!!!!!!!
ERES MI ÍDOLO

Pues sí

NO PODRÍA HABER
HECHO ESTO SIN TI

Pues no

Pero no digas a nadie
q he intervenido

No lo diré, lo prometo

Excepto si alguien quiere hacerme
un contrato para una peli o serie

Entonces la expulsión valdría la pena

OK

Felicidades. Serás más grande
q aquel chaval q le mordió el dedo
a su hermano

CLAUDIA

Hablando de hermanos… mientras yo soñaba desde mi cama con mi victoria sobre las fembots, Reese seguía cayendo por una espiral de pesadilla de la que no había salida.

Y con «espiral de pesadilla» me refiero a la sección de comentarios de su Trakas.

CAPÍTULO 15
REESE SE CAE AL POZO
DE LOS COMENTARIOS

CLAUDIA

Aquella semana, al mismo ritmo que yo ganaba seguidores, Reese los perdía. Junto con la cabeza.

REESE

Toda la culpa fue de mamá. Porque no paraba de decir que iba a cerrarme la cuenta si encontraba palabrotas en mi Trakas.

Pero cada vez que borraba comentarios con palabrotas, ¡los troles que los habían escrito volvían a hacer otro comentario con palabrotas aún más GORDAS!

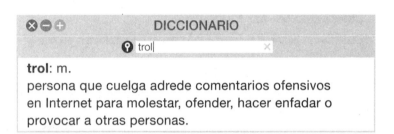

trol: m.

persona que cuelga adrede comentarios ofensivos en Internet para molestar, ofender, hacer enfadar o provocar a otras personas.

COMENTARIOS DE TRAKAS

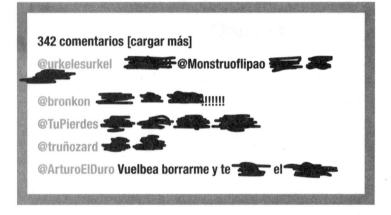

CLAUDIA

¿Por qué simplemente no los bloqueaste a todos?

REESE

¡Lo hice! ¡Pero volvían una y otra vez con otros nombres de usuario!

COMENTARIOS DE TRAKAS

52 comentarios [cargar más]

@TuGanas **OOOOOOH! EL BEBITO YORON BLOKEA A LOS HOMBRES MALOS BUAAAAA**

@Arturo_El_Duro **bloquea esto @Monstruoflipao eres** ▬▬▬

@venganzadeurkel **NO RESISTES LA BERDAZ**

@01_truñozard **Eh @Monstruoflipao Han llamado de tu pueblo pq han perdido un idiota**

@bronkon25 **Eres un** ▬▬▬

REESE

El caso es que me estaba estresando y mucho. Borraba cincuenta comentarios y al cabo de una hora ¡había cincuenta más! Era totalmente flipador.

Le pregunté a Xander qué podía hacer para librarme de los troles. Y se puso en plan: «¡Deja que entro yo y los pongo finos!».

Y eso lo empeoró todo aún más. Sobre todo cuando los troles se pusieron todos de nombre «Monstruoflipao».

COMENTARIOS DE TRAKAS

107 comentarios [cargar más]

Xander → **@Monstruoflipao_X YA PUEDES CORRER @01_truñozard ESTO ES AORA MI CASA**

@Monstruoflipao_X Y TU IGUAL @Arturo_El_Duro GRAN RETARDED

troles imitando a Xander → **@Monstruoflipao_Z soy un bebito y me e echo caca encima**

@Monstruoflipao_Z buaa buaa buaaa

@01_truñozard ^^^^^ ese nombre usuario!! jajaja!

@Monstruoflipao_X NO TIENE GRACIA BORRA ESE NOMBRE AHORA MISMO

@Monstruoflipao_B con B de bebito!!!!!

@Monstruoflipao_B SOI UN MONTUITOFLIPAO BEBITO

@bronkon25 BUAAAAJAJAJAJAJAJA

@Monstruoflipao_X EN SERIO NO PODEIS HACER ESTO NO SOIS

MONSTRUOSFLIPAOS

@Monstruoflipao_S ^^^^Y ESTA ES LA S DE SÍ QUE PUEDO!!!!^^^^

@Monstruoflipao_CH Y ESTA ES LA CH DE CHÚPATE ESA

@Monstruoflipao_Z JAJAJAJA K CAÑA!!

@Monstruoflipao_G G DE GOLEMAR!!!!

REESE

Me asusté un montón y bloqueé todos los nombres de usuario desde «Monstruoflipao_A» menos la X (que era Xander)

hasta «Monstruoflipao_Z». Pero entonces empezaron a poner números. Y bloquear los números ya no se podía. ¡Porque los números son infinitos!

Después ya no podía pensar en nada más que no fuera cómo detener a los troles. El miércoles por la tarde tuve un entreno tan malo que el entrenador Unger me preguntó a la salida si iban bien las cosas en mi casa.

Necesitaba ayuda de verdad. Por eso le pedí consejo a papá.

REESE Y NUESTRO PADRE (Mensajes de móvil)

> Papá los troles no paran d hacer comentarios jaters y no puedo librarme d ellos. Q hago?

Qué son troles?

Qué son jaters?

> GRCS, le pregunto a mamá

Qué es GRCS?

REESE Y NUESTRA MADRE (Mensajes de móvil)

> Mamá troles no paran d hacer comentarios jaters en Trakas. Como los paro?

Bloquéalos

> Lo he hecho pero cambian d nombre

Prueba a ignorarlos.
Se aburrirán y se irán

> Ya los ignoro!!!!!

> NUNCA contesto

> No ayuda

> Porfa, no me obligues a borrar palabrotas. Se enfadan aun más

NI HABLAR. SIGUE BORRANDO

REESE

Aquella noche borré, no sé, cien comentarios y bloqueé a todos los que

los hacían. ¡Pero seguían haciéndolos con
nombres distintos!

Hasta que a las nueve y media entró
mamá y me hizo apagar todas las pantallas.

CLAUDIA

Mis padres tienen esa norma según la
cual no podemos acostarnos con pantallas
encendidas en la habitación. Porque no
quieren que nos pasemos la noche despiertos
conectados ni que al día siguiente entremos
en Internet cuando aún no nos hemos
levantado de la cama.

-portátiles
-móviles
-tablets
-etc.

REESE

Total, que dejé mi portátil en la
cocina y me fui a la cama. Pero seguí
dándole vueltas acostado: «Si ignorarlos y
borrarlos no funciona… y echarles a Xander
encima tampoco… a lo mejor si intento hablar
con los troles y les pido que se enrollen…».

> **CONSEJO BÁSICO DE INTERNET:**
> ¡NO DES DE COMER A LOS TROLES!
> Mamá tenía razón: si en
> tus comentarios entran troles,
> NO intentes discutir
> con ellos. Te atacarán aún más.

Así que me colé en la cocina y cogí el portátil donde lo había dejado mamá. Pensaba escribir solo un mensaje corto. Pero las cosas empezaron a torcerse.

COMENTARIOS DE TRAKAS

---

134 comentarios [cargar más]

@Monstruoflipao **hola otros monstruoflipaos porfa calmaos un poco solo quiero hacer trakas dibertidas si nos gusta no pasa nada ni las mirais yo no hago daño ni me quiero pelear**

@Monstruoflipao_05 **ooooooh monstruoflipao está triste**

@Monstruoflipao_32 **pobre bebito**

@Monstruoflipao_414 **eres lo peor @Monstruoflipao**

@Monstruoflipao **pq dices eso????? No me conoces de nada**

@Monstruoflipao_909 **tus trakas dan pena**

@Monstruoflipao **vale pues no las mires**

@Monstruoflipao_909 **y has copiado de Kroketta**

@Monstruoflipao **no fue aposta esa la hemos borrado**

@jenna_en_FL **@Monstruoflipao LO HACES MUY BIEN IGNORA A ESTOS HATERS**

@Monstruoflipao **grcs @jenna_en_FL!!!**

@Monstruoflipao_909 **usuario falso**

@kanikaloka **ERES EL MEJOR @Monstruoflipao SIGUE COLGANDO TRAKAS**

@Monstruoflipao **thx @kanikaloka!!!**

@Monstruoflipao_32 **q pasa? acaban de soltar a los de preescolar?**

REESE

Cuando empezó a defenderme toda esa peña pensé: «¡Qué pasada! ¡Son guerreros antitroles! ¡Tengo un ejército de antitroles!».

Empezamos a meternos con los troles y los troles se metieron con nosotros, y empezó a entrar más peña y en algún momento alguien se puso a hablar de política y se montó un pollo que yo no entendía nada pero la cosa siguió y de pronto apareció mamá en pijama y me gritó: «¿SE PUEDE SABER QUÉ ESTÁS HACIENDO A ESTAS HORAS?».

Y vi que eran las 3 de la madrugada.

COMENTARIOS DE TRAKAS

2.113 comentarios [cargar más]

el número de comentarios ya era de locos

@jenna_en_FL **La primera de los vengadores era mucho mejor**

@Monstruoflipao_414 **pero k m cuentas?**

@Monstruoflipao **tengo q irme**

CLAUDIA

Después de aquello, mis padres decidieron que Reese necesitaba un descanso de Trakas y lo castigaron una semana mínimo sin pantallas.

REESE

Casi que me alegré de que me castigaran. Lo de estar en Trakas me estaba empezando a astracar. En cuanto me desconecté me dieron ganas de salir a sentarme en una piedra y mirar un rato los árboles.

no sé muy b qué signific (¿estresarse ¿quemarse?

Pero cuando Xander se enteró, se frikó un montón.

XANDER

Le dije: «¡Man, no te me pires así! ¡Estoy preparando una traka BESTIA! ¡Haremos saltar el garito en pedazos!».

REESE

A Xander se le había ocurrido una idea para una traka y estaba a tope con ella. Cuando le dije que yo no me podía conectar para colgarla dijo que ya lo haría él si le daba mi contraseña de Trakas.

CLAUDIA

Pero no se la diste, ¿verdad? Porque mamá y papá llevan AÑOS advirtiéndonos que NUNCA le demos nuestra contraseña absolutamente a NADIE.

CONSEJO BÁSICO DE INTERNET:
¡NO LE DES NUNCA TU
CONTRASEÑA A NADIE!
(Aunque sean amigos tuyos
y parezca que no
vaya a pasar nada)

REESE

Sí, claro… tenían razón. Era un buen consejo.

Ojalá les hubiera hecho caso.

CAPÍTULO 16
¿QUÉ PODÍA SALIR MAL?

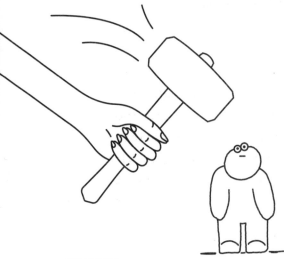

CLAUDIA

Cuando me enteré durante el desayuno de que mis padres habían prohibido Internet a Reese durante una semana, lo sentí por él. No solo porque su sueño de ser trakero famoso empezaba a derrumbarse, sino porque, tras estar toda la noche combatiendo troles, parecía que lo hubiera atropellado un camión.

REESE

Aquella mañana NO me encontraba nada bien, creía que iba a desmayarme encima de los cereales.

REESE EN EL DESAYUNO
(recreación de la artista)
(artista = Claudia)

CLAUDIA

De cara a la apuesta no acababa de saber si la situación de Reese era buena o mala para mí. Por una parte significaba que no podría colgar más trakas que se hicieran virales. Pero, por otra, tampoco podría colgar más trakas que hicieran huir como ratas a sus seguidores.

19.046
SEGUIDORES

↓ REESE:
6.000 seguidores
en 4 días

En cualquier caso, de lo que sí me alegraba era de MI situación. De un día para otro había ganado casi 600 seguidores, y eso sin haber colgado aún mis mejores trakas.

2.272
SEGUIDORES

YO:
↑ 2.000 seguidores
en 2 días
(¡¡queda una semana
para fin apuesta!!)

Me hacía particular ilusión la número 13, que iba a colgar ese mismo día en cuanto acabaran las clases.

Jens
me arranca
el bate de
las manos...

... y yo le saco un puñal (el puñal es de broma)
(de la tienda de disfraces)

NO SALE
EN LA FOTO:
Jens arroja
el bate y sale
corriendo

Cuando llegué a la cafetería del cole, se estaba hablando bastante de *La amenaza peluda*.

SOPHIE

Era como aquel día en que Reese había colgado la primera traka. TODO EL MUNDO estaba mirando tus trakas. ¡Y les encantaban!

JENS

Mis amigos me decían: «CHAVAAAAAL, estas trakas son la remanzana». O algo así.

Yo no tenía dolor en la cabeza ya. Pues pensé: «Después todo, a lo mejor era bueno hacerlo».

JAMES

Me costó bastante no revelar que el director era yo. Sobre todo cuando oía a la gente comentar lo zumbado que estaba tu primo imaginario. ¡El zumbado era YO!

CLAUDIA

Pero lo mejor y más maravilloso de aquel día fue ver la reacción a las trakas de Athena y las fembots.

PARVATI

Solo una cosa: ¡cuando Athena te acusó de hacer trampas fue para morirse de risa!

Dijo: «¡No puedes colgar trakas en las que no salgas!».

Y tú: «¡Pero si soy yo la que va de Flubby!».

Y ella: «¡NO PUEDES SER UN FLUBBY!».

CARMEN

Y entonces tú sacaste las normas que había escrito Toby y dijiste: «Aquí no veo nada sobre Flubbys».

Y toda la cafetería gritó: «¡Ay, que pierdes, Athena!».

¡La cara que puso fue LO MÁS!

CLAUDIA

Athena estaba tan rabiosa que ella y las demás fembots se pasaron el resto del día intentando avergonzarme por parecer gorda con el disfraz de Flubby.

ATHENA

Perdona, pero me limitaba a constatar una realidad. En fin, es bastante OBVIO que a ti no te importa mucho tu aspecto, ya en general. Pero ese disfraz... ¡madre mía! Parecías una vaca azul.

PARVATI

¡Puaj! ¡Cómo odio a Athena! ¿Y cuando empezaron a hacerte «¡MUUU!» después de la tercera clase? QUÉ ASCO.

CLAUDIA

Sí, fue un asco. Pero también una señal de victoria. Athena le daba al látigo porque veía que iba a perder la apuesta.

Y que conste que el disfraz tenía relleno. Claro que, aunque no lo tuviera, nadie debería sentirse incómodo con su cuerpo. Ni aunque fuera un cuerpo de Flubby. Meterse con la gente por su aspecto está muy, pero que muy mal.

TODOS SOMOS PERFECTOS TAL COMO SOMOS
(hasta los Flubbys psicópatas asesinos)

El caso es que lo de meterse con mi aspecto flubbero hizo que tuviera aún más ganas de llegar a casa para colgar más trakas. En el autobús de camino miré la app en el móvil y vi que tenía 2.600 seguidores y que *La amenaza peluda* 6 había superado los 150.000 triks.

Teniendo en cuenta lo buenas y divertidas que eran las trakas 13 a 16, estaba convencida de que las cifras se dispararían. Estaba tan emocionada que cuando llegué a casa ni siquiera pasé por la cocina a merendar. Me fui directa a la habitación a colgar *La amenaza peluda* 13 desde mi portátil.

Entonces me di cuenta de que algo había ido muy mal. Espantosamente mal.

Las trakas 1 a 12 habían desaparecido de mi página. Todas. En su lugar salía esta horrible pantalla negra:

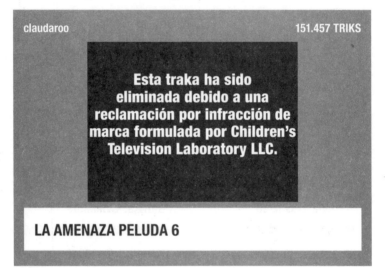

ASHLEY

De verdad que no había oído NUNCA gritar de esa forma a un ser humano. Estaba en la cocina y cuando te oí pensé: «AHORA SÍ que Claude se ha cortado todos los dedos. O la mano entera».

CLAUDIA

Cuando Ashley llegó a mi habitación, acababa de encontrar el aviso del Departamento Legal de Trakas enviado como mensaje directo:

@TRAKASLEGAL A @CLAUDAROO (Mensaje directo
de Trakas)

ATENCIÓN

Hemos recibido una reclamación por infracción de marca
en relación con una o más trakas que has colgado, según se
detalla a continuación:

Reclamación de Children's Television Laboratory por uso
inapropiado de contenido de marca DISFRAZ DE PERSONAJE
FLUBBY™

ID traka: kzVj235x2	ID traka: zjKm875m1
ID traka: xrDu733j6	ID traka: ptMl673d2
ID traka: abEq098p5	ID traka: plTr473v1
ID traka: rtUs324i6	ID traka: lbVm385t9
ID traka: gbZf384d3	ID traka: xlFt890b4
ID traka: mdGi682e1	ID traka: ipZw190d8

TODAS MIS
TRAKAS
→ DE LA
AMENAZA
PELUDA

De producirse más casos de infracción de marca nos
veremos obligados a eliminar su cuenta. Rogamos elimine
cualquier traka para la que no haya obtenido los derechos
necesarios y en el futuro no vuelva a publicar trakas que
contengan material sin licencia.

Si su traka o trakas han sido tergiversados, puede presentar
un contraaviso. Conforme al artículo 512(c) de la Ley
estadounidense de Derechos de Autor de la Era Digital,
la tergiversación deliberada puede exponerle a acciones
legales de responsabilidad civil por daños y perjuicios
sufridos por el titular de los derechos.

Departamento Legal de Trakas

CLAUDIA

Lo primero que hice fue ponerme en contacto con un abogado.

CLAUDIA Y SU PADRE (Mensajes de móvil)

> PAPÁ, SOCORRO URGENCIA
> MIRA EL MAIL YA!!

Estás bien???????

> ATAQUE DE PÁNICO

> MIRA EL MAIL

Respira en bolsa d papel

> ESO NO FUNCIONA

> MIRA EL MAIL!!!

Ya

> Q SIGNIFICA?

> PUEDO SEGUIR COLGANDO TRAKAS?

Te llamo

CLAUDIA

Mi padre fue MUY comprensivo y cariñoso al teléfono, lo cual no debía de ser muy fácil porque yo estaba hecha polvo. Y le costó un rato tranquilizarme.

O sea que, como padre, se portó genial.

Pero, como abogado, me decepcionó mucho.

Porque lo que yo necesitaba era que demandase a alguien o consiguiera una orden del juez o algo para poder seguir colgando trakas de *La amenaza peluda*.

Y lo que hizo fue ponerse del lado de los de Children's Television Laboratory.

ERIC S. TAPPER (también conocido como «papá»), padre/abogado de Claudia

Cariño, la ley es la ley. Es más, los de Children's Television Laboratory son muy AGRESIVOS protegiendo sus marcas. Si no quieren que Flubby™ haga de homicida loco, no lo hace y punto.

Pero confieso que como padre estoy muy orgulloso de ti. No hay muchos chavales de 12 años en el mundo que hayan recibido una orden de cesación y desistimiento por parte de una gran empresa. Es todo un logro.

TM = trademark = (mi padre dice que, para estar legalmente protegida, ponga esto cada vez que hable de Flubby™)

CLAUDIA

Gracias, papá. Siento la llorera que te monté en mitad de tu trabajo.

PAPÁ

No pasa nada, cariño, para eso estoy.

CAPÍTULO 17
NO DES NUNCA TU CONTRASEÑA
A XANDER

(NI A NADIE)
(PERO SOBRE TODO
A XANDER)

CLAUDIA

Mientras los del Children's Television Laboratory se cargaban mi estrategia en Trakas, Xander se cargaba por completo la vida de Reese.

REESE

POR COMPLETO no. Solo trozos.

CLAUDIA

Es igual. Aun así, no tenías que haberle dado la contraseña de Trakas.

XANDER

La habría adivinado igual, man. La contraseña del chaval es «contraseña».

REESE

¡No, no era «contraseña»! ¡Era «Contraseña123»! ¡Y con mayúscula!

CLAUDIA

Madre mía, Reese. Eso es muy… POCO inteligente.

CONSEJO BÁSICO DE INTERNET:
NO PONGAS "CONTRASEÑA"
COMO CONTRASEÑA
(ni nada que sea
superfácil de adivinar)
(por ejemplo: tu nombre,
el nombre de tu mascota,
tu cumpleaños, 123456, etc.)

REESE

Ya lo sé, ¿vale? ¡Déjame acabar la historia!

Total, que después del desastre de nuestras últimas trakas, Xander pensó que la mejor forma de petarlo era haciendo una colab con algún trakero famoso.

⊗⊖⊕ DICCIONARIO

🔍 colab   ✕

colab f.
colaboración (u. frec. en referencia a dos o más famosos de Internet que aparecen en el vídeo de otro famoso).

XANDER

¡Las colabs son lo que manda! Si Monstruoflipao hacía una colab con Kroketta, ¡los 20 millones de peña que lo siguen nos verían!

REESE

A mí me pareció una buena idea.

CLAUDIA

Buena idea para TI, claro. Pero para Kroketta no. Porque él tiene MIL VECES más seguidores que tú. Ya me dirás qué interés podría tener él.

REESE

¿Quieres que cuente lo que pasó o estás aquí para hacerme sentir mal?

CLAUDIA

Lo siento. Sigue.

REESE

Pues Xander mandó un DM a Kroketta para ver si quería hacer una colab.

Primer DM de Xander
a Kroketta333

@MONSTRUOFLIPAO_X A @KROKETTA333 (DM de Trakas)

> **HEY KROKETTA???**
>
> **QUIERES HACER UNA COLAB CON @MONSTRUOFLIPAO???**
>
> **SERIA EPICO PK SOMOS ESTRELLAS DE METAWORLD Y TRAKAS**
>
> **PODEMOS TIRARTE DE PRECIPICIO EN UN COMBATE A MUERTE**
>
> **O NOS PUEDES TIRAR TU**
>
> **DA IGUAL, SERÍA EPICO!!!!!!!**
>
> **DANOS UN TOKE PARA KEDAR NOSTROS PODEMOS MÑN 4-10 PM**

REESE

Me moría de ganas. ¡Kroketta es mi ídolo!

Pero no contestó. Y Xander le mandó otro DM.

Y siguió sin contestar.

Así que Xander le mandó unos cuantos DM más.

DM número 14 de Xander a Kroketta333 (en un día)

@MONSTRUOFLIPAO_X A @KROKETTA333 (DM de Trakas) ←

> **TU DE K VAS TIO???**
>
> **TIENES MIEDO D K @MONSTRUOFLIPAO TE DE UNA PALIZA???**
>
> **PK ESO PARECE**
>
> **SI NO HACES COLAB CON NOSTROS ERES UN KAGAO!!!!!**

REESE

Kroketta333 bloqueó a Xander y ya no le pudo enviar más DM.

Y eso astracó un montón a Xander. Se puso en plan: «Aunque no esté, ¡¡¡le daremos una buena paliza!!!».

Yo no acababa de verlo claro. Porque para darle una paliza a alguien diría que hace falta que ese alguien esté.

Pero Xander dijo: «Haremos un fake».

Creó una cuenta en MetaWorld llamada «.Kroketta333». Y luego hizo un avatar IDÉNTICO al avatar de Kroketta.

obsérvese el punto añadido

KROKETTA333 REAL

KROKETTA333 FALSO DE XANDER

La idea era que yo mataría al Kroketta falso en un combate a muerte y lo trakearía en plan: «¡LE HE DADO UNA PALIZA A KROKETTA!».

Pero a mí no me iba mucho eso. Si alguien hiciera un Monstruoflipao falso y lo matara y luego hiciera una traka donde se ve que me dan una paliza A MÍ… me pondría como una moto.

Además, en aquel momento yo ya tenía prohibidos los aparatos electrónicos. Le dije a Xander que yo no podía usar Internet.

Y él me dijo: «No pasa nada. Tú dame tu contraseña y ya está».

Entonces entró como si fuera yo y convenció a Wyatt para que fuera el Kroketta falso.

WYATT

A mí tampoco me parecía buena idea. Me preocupaba que, si fingía que era Kroketta, todos sus krokettos vendrían a por mí.

REESE

Los krokettos son un montonazo de fans de Kroketta333 que actúan como si fueran una banda, pero en línea. Y dan bastante miedo. Si dices algo sobre Kroketta en los comentarios, los krokettos te pueden meter MUCHA caña.

Encima, algunos de ellos son hackers. Y saben doxear.

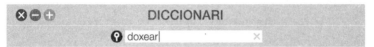

doxear: v.
Doxear o hacer doxing es recopilar información personal (como dirección y número de teléfono, fotografías, etc., de una persona en concreto) y difundirla en Internet, a menudo con fines de acoso, intimidación o venganza.

Lo que significa que te pueden estropear la vida real. No solo en Internet.

CLAUDIA
Si al leer os preguntáis: «¿Estará Xander a punto de enfurecer a todo un ejército de troles malvados con aterradores poderes que descenderán sobre él e intentarán destruirlo de todas las formas posibles?», la respuesta es SÍ.

REESE
¿Quién lo está contando, Claudia?

CLAUDIA
¡Perdón, perdón! Continúa.

REESE

Xander le dijo a Wyatt que era imposible que los krokettos descubrieran que él estaba tras la cuenta .Kroketta333. Y Wyatt dijo: «Vale».

Y entonces hicieron una traka donde yo mataba a Kroketta333. Solo que ni yo era yo, ni Kroketta333 era Kroketta333. Luego lo trakearon desde mi cuenta de Monstruoflipao.

Para asegurarse de que Kroketta333 y los krokettos lo veían, Xander etiquetó a un montón de ellos en los comentarios.

COMENTARIOS DE TRAKAS

> **384 comentarios [cargar más]**
>
> @Monstruoflipao **CHÚPATE ESTA!!!!!! @Kroketta333**
>
> @Monstruoflipao **T KAIGO MEJOR AHORA????**
> **@ReyKroketto @Kroketto_1000 @KrokettoElGrande**
> **@KKT111 @SiempreKroketta @KrokettosArmy**
> **@HailKroketta @KrokettaEsMiPastor**

XANDER

No digo que fuera una buena idea,
¡pero esa traka se llevó una TONELADA de
triks cuando la colgamos! ¡Millones de peña
mirándola, man!

REESE

Sí, ¡y todos querían matarme después de
verla!

XANDER

Vale, buena idea no sé, pero que la vio
la tira de gente, eso es así.

Además, yo no soy el que usa
contraseñas de bebé.

384 comentarios [cargar más]

@HailKroketta Buenoooo… @Monstruoflipao Tienes algo q declarar antes d morir???

@KrokettosArmy A POR ÉL!!!!

@Kroketto_1000 K EMPIECE EL DOXEO!!!

@KrokettoElGrande te va a hacer pupa

@ReyKroketto DESPÍDETE DE TU VIDA @Monstruoflipao!!

@HailKroketta DIOS K FACIL ES!!!! Su contraseña es Contraseña123!!!!!!!!

@Kroketto_1000 lloro!

@HailKroketta YA ESTOY DENTRO TENGO TODA SU INFO LA CUELGO EN CHAN

@KrokettoElGrande pues al ataque

@KrokettaesmiPastor LA DESTRUCCIÓN TOTAL DE @Monstruoflipao EMPIEZA EN 5… 4… 3…

CAPÍTULO 18
DEPOSITO TODA
MI ESPERANZA
EN UN FRANCÉS

CLAUDIA

(no literalmente)
(pero casi)

Mientras Xander prendía fuego a la vida de mi hermano, yo buscaba desesperada alguna otra forma de ganar a Athena.

Primero pensé que James podría repetir las trakas de *La amenaza peluda* con algún personaje de dibujos animados que no me demandara por convertirlo en homicida.

CLAUDIA Y JAMES (Mensajes de móvil)

> Y si consigo disfraz d Elmo y repetimos?

> Seguro que los abogados de Elmo son peores que los de Flubby™

> Pues q hacemos?

> No tengo nada.
>
> Y tengo q dejar d ayudarte

> Demasiado movimiento.
>
> No puedo permitirme otro juicio

>> «Otro» juicio? D q hablas?

> D nada. Paso a clandestinidad

> Borra estos mensajes
>
> y pierde este número

CLAUDIA

Eso era el jueves por la noche. Al día siguiente me desperté con un dolor de barriga que seguro que era un 95 % *(el otro 5 % = frankfurt con queso de la cena. Estaba malo)* debido al estrés.

Y empeoró cuando llegué al cole, porque las fembots me esperaban para meterse conmigo con tantas ganas que casi se hacen pis encima.

SOPHIE

¿Me lo pareció solo a mí o Clarissa y Ling te estaban esperando para cantarte «¡CLAUDITITA NO HAY QUE LLORAAAR...!»?

CLAUDIA

Sí, era prácticamente acoso. Tuve que volver a esconderme en la biblioteca.

Parvati se reunió conmigo en Narnia para hablar de lo que era absolutamente mi última esperanza: la TrakaFest.

PARVATI

En aquel momento faltaban exactamente 29 horas y 43 minutos para la TrakaFest. Lo sabía porque mi app oficial de la TrakaFest tenía marcador de cuenta atrás.

¡Y ME MORÍA DE GANAS DE CONOCER A TYLER PURDY PORQUE SOY SU FAN NÚMERO UNO DEL MUNDO MUNDIAL! ¡AAAAAAAAH!

Además, estaba convencida de que Marcel sería tu príncipe valiente que te salvaría de las fembots.

CLAUDIA

Decidí hacer lo que Parvati llevaba toda la semana diciéndome que hiciera: ir a la TrakaFest, intentar conocer a Marcel Mourlot y convencerlo de que retrakeara *Molino de viento* a sus 30.000.000 de seguidores.

Yo es que de Trakas no tengo ni idea. Si no llega a ser por Parvati, ni siquiera hubiera sabido que Marcel era el mejor candidato a pedirle un RTK.

PARVATI

¡Marcel era ideal! Es MEGAcomprensivo con sus fans y siempre los retrakea para ayudarles a hacer sus sueños realidad. Por ejemplo, no creo que Brian Messer hubiera llegado nunca tan alto si Marcel no lo hubiera retrakeado tanto.

retrakeado por MarcelOficial
BrianMesser   **12.942.714 TRIKS**

¡PAM PAM EN EL CULETE! (¡¡¡haz clic para ver el vídeo!!!)

943 comentarios [cargar más]

@MarcelOficial CREO QUE @BrianMesser ES UN GENIO SOLO TIENE 17 AÑOS PERO YA ES MUY SABIO Y SU CANCIÓN *PAM PAM EN EL CULETE* CAMBIARÁ EL MUNDO MÍRALO EN MITUBO!!!!

¡Y estaba TAN CONTENTA de que vinieras a la TrakaFest! Si Marcel te retrakeaba, no solo habrías ganado a Athena, sino que ¡*Molino de viento* alcanzaría POR FIN el éxito merecido! ¡Tu vida iba a cambiar por completo!

Y también estaba contenta por mí, porque me parecía que ir con tu padre era mil veces mejor que ir con el mío.

CLAUDIA

A Parvati la iba a llevar a la TrakaFest su padre, pero es médico y aquel día tenía guardia. Y eso significaba que Parvati tendría que abandonar el TrakaFest antes de tiempo si alguien necesitaba un ortopedista de urgencia.

Total, que quería cambiarlo por algún padre que no le arruinase las posibilidades de conocer a Tyler Purdy. Y, como su madre tenía que llevar a Akash a una feria de robótica que había el mismo día en Scarsdale y MI madre es muy hábil para quitarse de encima lo que no quiere hacer, acabó llevándonos mi padre.

NUESTROS PADRES (Mensajes de móvil)

Q tal si mañana llevo yo a Reese al partido?

Genial!

Perfecto. Entonces tú t quedas con Claudia y Parvati

A lo mejor las llevo al cine

Las llevas a la TrakaFest

A la trakaqué? Q es eso?

Difícil d explicar. Búscalo en Google

NOOOOOOOOOOO

CLAUDIA

Por desgracia para Parvati y para mí, aunque mi padre no es un médico de guardia, SÍ que es un abogado con un jefe malvado, por lo que acabó teniendo que hacer un montón de trabajo en casa el sábado por la mañana antes de salir. Y fuimos MUCHO más tarde de lo que Parvati quería.

PARVATI

Claude, sabes que quiero mucho a tu padre… y acepté que no nos dejara acampar

allí porque entiendo que es ilegal y
que igualmente hasta las 5 no podríamos
ponernos a la cola… pero DE VERDAD que
tendríamos que haber estado ahí como MÁXIMO
a las 5 de la madrugada.

CLAUDIA

¡Lo sé! Pero yo no podía hacer nada.
Reconoce que al menos llegamos media hora
antes de que abrieran las puertas a las doce.

PARVATI

Sí. ¡Junto con las otras cincuenta mil
chicas que teníamos delante en la cola!
Por eso tuvimos que cambiar toda
nuestra estrategia para que Marcel te
retrakeara a ti y Tyler se enamorara de mí.

CLAUDIA

El plan original de Parvati era llegar
pronto a la TrakaFest para que pudiéramos
coger un buen sitio delante del escenario,
desde el que: A) yo podría darle a Marcel
un pen con el vídeo de *Molino de viento*, y
B) Parvati podría captar la mirada de Tyler
Purdy el tiempo suficiente para que se diera
cuenta de que era su alma gemela.

Pero, aunque, nada más abrirse las puertas, salimos corriendo hacia el escenario, esto es lo más cerca que pudimos llegar:

LO MÁS CERCA DEL ESCENARIO DE LA TRAKAFEST QUE PUDIMOS LLEGAR

O sea, nada cerca.

Así que decidimos pasar de la estrategia «Escenario» a la estrategia «Meet & Greet».

Básicamente, la TrakaFest tenía dos partes: el escenario, donde todos los trakeros famosos hacían sus cositas, como cantar, rapear o simplemente ser guapos, y la carpa Meet & Greet, donde los fans podían conocer a todos los trakeros famosos y hacerse selfies con ellos.

La entrada «VIP Platino» de 500 dólares y la «VIP Oro» de 350 incluían el acceso a la carpa y conocer a todas las estrellas.

Como es natural, ni Parvati ni yo teníamos una de esas. Ni siquiera teníamos la «VIP Bronce» de 100 dólares, que incluía la entrada en la carpa pero NO necesariamente conocer a todas las estrellas.

Teníamos entradas de 30 dólares «Nada de VIP», que no incluían nada extra, como no fuera rondar la carpa durante el rato suficiente como para que alguna de las estrellas SALIERA 30 segundos y se hiciera un selfie contigo.

ATHENA, la persona más malvada del mundo

Vaya, ¿no teníais entradas VIP? O sea que Pobreti y tú estabais atrapadas en mitad de aquella triste masa de chicas desesperadas, delante de la carpa de «Meet & Greet» como unas sintecho?

apodo realmente despreciable que Athena le ha puesto a Parvati

¡Me da tanta PENA por vosotras! De verdad que lo siento. Mira, para que te consueles, te puedo dejar que imprimas para ese librito que haces la foto que he colgado en ClickChat de Tyler Purdy abrazándome.

RECREACIÓN DE LA ARTISTA DE LA FOTO DE CLICKCHAT DE ATHENA CON TYLER PURDY (para poner la foto real me pedía 500 $)

CLAUDIA

(más sarcasmo)

¡Qué detalle TAN bonito, Athena! Pero creo que antes me arranco los ojos con un tenedor.

PARVATI

Solo una cosa: es IMPOSIBLE que a Tyler le gustara ese abrazo. En esa foto prácticamente se le VE el sufrimiento en los ojos. ¡¡¡¡PARA ÉL ATHENA NO ES ESPECIAL!!!!

CLAUDIA

Resumiendo, nos pasamos las primeras dos horas de la TrakaFest de pie entre la masa de gente que había delante de la carpa Meet & Greet esperando un milagro. Mi padre, por cierto, pensaba que estábamos locas. No hacía más que decir cosas como: «¿No queréis volver al escenario y mirar a fulanito o menganito hacer lo que sea que haga?».

gente en el exterior de la carpa Meet & Greet

PARVATI

Está claro que tu padre no pilló nada de la TrakaFest.

Pero, una cosa, yo nunca dudé lo más mínimo de que el milagro se produciría.

Porque la visualización es una herramienta muy potente. Y yo estaba utilizando todo mi poder mental para visualizar a Tyler saliendo de la carpa y viéndome.

Porque yo llevaba mi cartel. Para que cuando Tyler saliera me viera y se acercara.

CARTEL DE PARVATI

CLAUDIA

Confieso que dos horas después empecé a darle la razón a mi padre sobre lo de que estábamos locas al creer que estar delante de la carpa Meet & Greet era buena idea. En esas dos horas el único trakero famoso que salió de la carpa era tan de tercera fila que ni siquiera recuerdo cómo se llamaba.

PARVATI

Joey Buffata.

CLAUDIA

Da igual, porque ahora viene lo bueno:
a las dos horas de estar ahí, ¡TYLER PURDY
SALIÓ DE LA CARPA!

Inmediatamente, todos los que estaban
fuera empezaron a gritar al mismo tiempo. Y
creo que Tyler debió de ver el enorme cartel
de Parvati, porque empezó a caminar hacia
nosotras.

PARVATI

No podía creer lo que estaba pasando.
Me empezó a temblar todo el cuerpo. Y dentro
de la cabeza sentía como una explosión de
fuegos artificiales.

CLAUDIA

Como me temía que iba a pasar algo épico,
me di la vuelta un segundo para sacar el móvil
y capturar el momento en el que Tyler se abría
paso entre la multitud para abrazar a Parvati,
o se la quedaba mirando a los ojos, o se la
llevaba entre bastidores a comer fresas, etc.

Sin embargo, cuando me volví hacia

Parvati con la cámara preparada, ya se había desmayado.

MOMENTO EN EL QUE ME VUELVO HACIA PARVATI

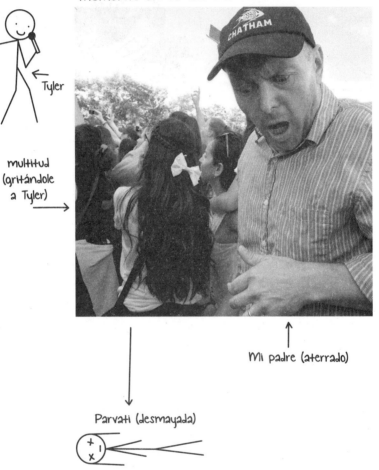

Tyler

multitud (gritándole a Tyler)

Mi padre (aterrado)

Parvati (desmayada)

CAPÍTULO 19
LA VERDADERA TRACA
DE LA TRAKAFEST

CLAUDIA

Cuando Parvati se desmayó, había un montón de chicas gritando entre ella y Tyler, por lo que no estoy segura de si él llegó a enterarse de que se había desmayado al verlo.

Pero, si se enteró, es que el tipo es lo peor de lo peor. Porque, si alguien que lleva un cartel diciendo que es mi alma gemela se desmaya al verme, al menos le firmaría un autógrafo en el cartel.

Cuando Parvati se despertó, Tyler ya se había ido. Aunque estaba muy frustrada por habérselo perdido, se la veía bien, pero los de seguridad de la TrakaFest insistieron en llamar a una ambulancia.

No es tan dramático como suena, porque la ambulancia era un carrito de golf.

AMBULANCIA DEL TRAKAFEST (bastante patética)

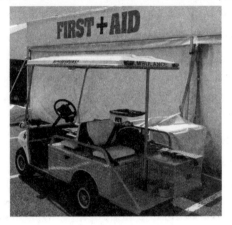

ATHENA, el mal en forma humana

¿¿¿Un carrito de golf??? ¡Chica, qué CUTRE! Si me hubiera desmayado yo, con mi entrada VIP Platino, se me habrían llevado en helicóptero.

CLAUDIA

Gracias por tu aportación, Athena.

La ambulancia de carrito de golf se llevó a Parvati a la carpa de primeros auxilios, donde el personal sanitario de la TrakaFest hizo que se tumbara un rato y bebiera zumo de naranja.

no creo que fueran médicos de verdad (como mucho estudiantes)

PARVATI

¡Me obligaron a estar allí media hora!

¡Absurdo! ¡Yo ya estaba bien! O sea, Tyler ya se había ido de la carpa Meet & Greet y por Cody & Cody yo no me iba a desmayar.

Ah, y espero que mi padre no se enfadara mucho con el tuyo cuando supo lo del desmayo.

CLAUDIA

Tranquila, mi padre es abogado, está muy acostumbrado a que se enfaden con él.

MI PADRE EXPLICANDO AL SR. GUPTA
QUE SU HIJA SE ACABABA DE DESMAYAR

PARVATI

NO es sarcasmo
(a Parvati le supo mal de verdad)

¡Y siento MUCHO que tuvieras que abandonar la cola del Meet & Greet antes de poder darle el pen a Marcel!

CLAUDIA

No pasa nada. No creo que Marcel saliera de la carpa Meet & Greet en ningún momento.

Cuando los médicos/estudiantes de la carpa de primeros auxilios dieron por fin el alta a Parvati faltaban solo cinco minutos para que Marcel Mourlot saliera a escena. Corrimos hacia allí y nos abrimos paso como pudimos entre la multitud hasta llegar lo más cerca posible del escenario.

O sea, nada cerca. Otra vez.

Cuando Marcel salió a escena ya vi que no habría la menor posibilidad de acercarme lo suficiente como para darle el pendrive con el vídeo de *Molino de viento*.

PARVATI

Estabas muy frustrada porque estábamos muy lejos de Marcel.

Pero yo te comenté que, aunque estabas demasiado lejos para DARLE el pen en la mano a Marcel, sí que estabas lo bastante cerca para LANZÁRSELO.

CLAUDIA

Tenías razón.

O no. No estaba segura. Porque, aunque el pen era muy fácil de lanzar, yo no soy exactamente la mejor lanzadora del mundo.

Sin embargo, no tenía muchas opciones. Si no lo lanzaba, tendría cero oportunidades de llegar hasta Marcel.

Por eso, cuando Marcel dijo a los fans, «OKEEEEY, AHOGA, VOY A CANTAG LA CANSIÓN DE LA CEBJA, MUY DIVEJTIDA…» vi que era ahora o nunca. Porque si empezaba la canción de la cebra (a saber qué era eso), nunca conseguiría su atención.

MOMENTOS ANTES DE QUE TIRARA EL PENDRIVE

Marcel
(detrás del palo de selfie)

no sé de quién es esta cabeza (¿uno de los Cody?)

Grité: «¡MARCEL, COGE ESTO!» lo más alto que pude.

Y le lancé el pen al escenario.

Ya he dicho antes que no soy muy buena lanzadora. No tenía la menor esperanza de que cayera ni siquiera cerca de él.

Y, desde luego, juro que NO ESPERABA DARLE EN TODO EL OJO.

Si hubiera pensado que podía pasar algo así, NUNCA habría utilizado un pendrive con las orejas puntiagudas de Batman.

NO DEBERÍA HABER USADO EL PENDRIVE DE OREJAS PUNTIAGUDAS DE JAMES

PARVATI

Madre mía, fue aterrador. De pronto Marcel cayó de rodillas y se llevó las manos al ojo gritando en francés.

Y enseguida todas sus fans empezaron a mirar alrededor en plan: «¿QUIÉN HA SIDO? ¿CÓMO LO MATAMOS?».

CLAUDIA

Parvati dijo: «Hay que salir de aquí pero YA».

Yo pensaba lo mismo, así que cogimos a mi padre y salimos corriendo hasta el metro.

Me daba tanto miedo que las fans de Marcel nos persiguieran que hasta que no subimos al tren 7 que nos llevaba de vuelta a Manhattan el corazón no dejó de irme a cien.

Y en ese momento mi madre le dijo a mi padre que Reese estaba metido en graves líos.

NUESTROS PADRES (Mensajes de móvil)

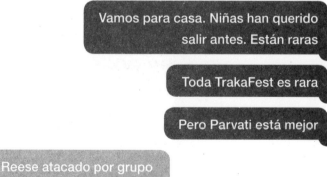

Vamos para casa. Niñas han querido salir antes. Están raras

Toda TrakaFest es rara

Pero Parvati está mejor

Reese atacado por grupo d hackers enfadados

Cómo??

Lo he sabido pq ha llamado mi madre
Quería saber p q su nieto le ha
enviado foto d perro haciendo
caca sobre la cabeza de R

Y estás segura d q
no lo ha hecho R?

Foto d perro y caca enviada a todos sus
contactos incluido director y profesores d cole

OMG te llamo

Reese no puede entrar a su mail

Controlado por hackers

Cuentas d Trakas y ClickChat también

P q no respondes llamada?

En la otra línea intentando
solucionar problema pizza

Problema pizza?

Alguien nos está enviando pizzas

Hasta ahora de 9 sitios distintos

Espera, llaman a la puerta

Y van 10

Ya voy

La policía está aquí

CAPÍTULO 20
REESE ES
APLASTADO
POR EL
EJÉRCITO KROKETTO

CLAUDIA

Cuando llegamos a casa los de la TrakaFest, la policía ya se había ido. Mi madre dice que fueron educadísimos pero que, aun así, le impresionó mucho abrir la puerta y tenerlos ahí porque una llamada anónima les había chivado que Reese estaba detrás de unos cuantos atracos a mano armada.

VISTA DESDE LA PUERTA CUANDO LLEGARON LOS POLIS
(recreación de la artista)

REESE

¡Fue muy flipador! Vale que los krokettos querían darme duro, ya lo había pillado. Pero nunca pensé que sería duro nivel «visita de la poli».

CLAUDIA

¿Cuándo te diste cuenta de que los krokettos habían empezado a atacarte?

REESE

Supongo que en el partido de fútbol de la mañana. Durante el calentamiento Xander me preguntó: «Man, ¿por qué has cambiado la contraseña de Trakas?».

Y yo dije: «No la he cambiado».

Y él: «Pues ALGUIEN lo ha hecho».

Ahí supe que pasaba algo raro. Después del partido le pedí a mamá que me devolviera el móvil un par de minutos para ver si todo estaba bien en mi cuenta de Trakas.

Cuando encendí el teléfono, lo primero que vi fue un mensaje de Wyatt.

WYATT Y REESE (Mensajes copiados del móvil de Reese)

> HALA!!! COMO T PASAS COLGANDO ESO!!!

> Colgando q?

> EL PERRO Q SE CAGA EN TI

> D q hablas?

> LO HAS COLGADO EN CLICKCHAT

> TOMA!! TAMBIÉN POR MAIL?????

REESE

Intenté abrir ClickChat, pero la app dijo: «Contraseña incorrecta».

Y ahí me puse a temblar. ¡Ni siquiera podía entrar en mi cuenta! Y con Trakas pasaba lo mismo.

O sea, que para cuando llamó mi abuela yo ya tenía el miedo en el cuerpo. Y va mamá y se pone a gritar: «¡REESE! ¡¡¿POR QUÉ LE HAS ENVIADO UNA FOTO OBSCENA A TU ABUELA?!!».

Y entonces comprobó SU buzón y gritó: «¡¡Y TAMBIÉN A MÍ!!».

CLAUDIA

¿Y qué foto era? ¿La del perro?

REESE

Uno de los perros, sí. Es que al final había hasta diez fotos de perros distintas rodando por la red. Pero en todos salía el mismo recorte de mi cara que los krokettos habían sacado de una foto de fútbol colgada en ClickChat.

CLAUDIA

¿Y los perros te hacían caca en la cara?

FOTO DE PERRO (n.º 3 de más de 10)
(la foto original tenía fotos reales de la cabeza de Reese, no el dibujo)

REESE

No exactamente. Mi cara ERA la caca. No me hacían caca EN la cara. Lo que hacían era… caca CON mi cara.

Y no eran solo perros, también pusieron otros animales: vacas, caballos, elefantes… un rinoceronte…

Espera, espera, no estarás poniendo estas fotos en el libro, ¿verdad?

FOTO DE RINOCERONTE (con dibujo de cabeza en lugar de foto real)

CLAUDIA

Es que tengo que hacerlo.

REESE

¡Y UNA CACA!

CLAUDIA

Precisamente. Es que este libro va de todo lo malo que te puede pasar si no andas con cuidado en Internet. Considero que la gente tiene que ver las fotos reales para llegar a entender los peligros reales.

REESE

¿Y no puedes DECIR que tenían muy mala baba y ya está? ¿Encima tienes que enseñarlas?

CLAUDIA

¿Y si hago un dibujo de tu cara y lo pongo con Photoshop en las fotos reales para que los perros solo hagan cacas de caras dibujadas?

REESE

Bueno, vale. Pero que el dibujo no se me parezca mucho.

FOTO DE PERRO
(n.º 7 de más de 10)
(esta es la que
más me gusta)
(porque el perro
sonríe)

CLAUDIA

Trato hecho, ¿por dónde íbamos?

REESE

A ver… mis cuentas bloqueadas… las fotos de los perros con cacas de mi cara enviadas a toda la población mundial… las pizzas que no paraban de llegar… y luego, la visita de los polis.

Aunque, en el fondo, lo de los polis no fue TAN malo. Porque en cuanto vieron que les habían gastado una broma unos hackers, me pusieron en una lista para no tener que seguir visitándonos cada vez que los hackers los llamaran con un chivatazo falso.

ahora también estamos en la lista no entreg de todos los sitios de pizza de Upper West Side de NY ⌣

Yo creo que lo peor fue lo que me pasó en MetaWorld. Los krokettos me hackearon la cuenta y para cuando la recuperé me habían robado todo el orro, habían matado a todos mis soldados y me habían quemado el castillo.

orro = dinero de MetaWorld

Luego averiguaron en qué servidores me gusta jugar y empezaron a acosarme. Cada vez que entraba a algún combate a muerte, me mataban todos a la vez en los primeros cinco segundos.

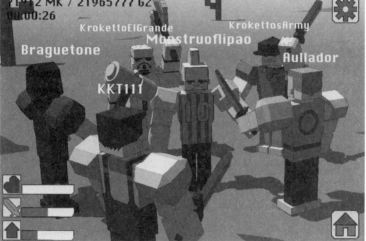

Eso fue lo peor. Fijo.

CLAUDIA

Algo me dice que nuestros padres no piensan lo mismo. Seguro que dirían que lo peor es la cantidad de horas que tuvieron que pasar intentando que te devolvieran las cuentas.

Sin contar con que, si ahora pones «Reese Tapper» en Google, todo lo que sale son fotos de animales haciendo caca con tu cara.

Cosa que no creo que quede muy bien cuando seas mayor y busques trabajo.

REESE

Supongo que no. Aunque me parece
que aún me quedan unos cuantos años para
arreglarlo.

CLAUDIA

En resumen, el ataque de los krokettos
fue devastador. Incluso varias semanas
después, mis padres y Reese TODAVÍA seguían
intentando arreglar todos los problemas que
causó.

En cuanto a mí, me pasé el resto de
aquel fin de semana muerta de miedo. En
parte porque Reese es mi hermano y, por muy
pesado que sea, asusta mucho que le pase
nada malo.

Pero en parte también porque estaba
aterrada solo de pensar que un grupo
indignado de fans de Marcel Mourlot estaba
a punto de lanzar EXACTAMENTE el mismo tipo
de ataque contra mí.

CAPÍTULO 21
LOS COMBATIENTES
DEL AMOR ME
QUIEREN... MUERTA

CLAUDIA

Aunque durante las veinticuatro horas siguientes a nuestro regreso de la TrakaFest no se habló de otra cosa en casa que no fuera el ataque a Reese, yo no podía dejar de pensar en que le había tirado sin querer a Marcel Mourlot un pendrive muy puntiagudo en el ojo.

Me preocupaba MUCHO la posibilidad de haberle hecho daño de verdad. Y también la de haber cometido un delito y que la policía emitiera una orden de arresto contra mí.

Así que en cuanto se calmaron un poco las aguas con lo de Reese me conecté para mirar la Trakas de Marcel.

Por suerte, ya había colgado una traka diciendo que estaba bien. O al menos que la herida no sería permanente.

MarcelOficial

1.485.399 TRIKS

TRANQUILOS, ¡¡¡¡ES SOLO UN ARAÑAZO!!!!

2.743 comentarios [cargar más]

@MarcelOficial HOLA COMBATIENTES DEL AMOR DE NY SIENTO MUCHO HABER DEJADO ESCENARIO ANTES DE TIEMPO!!! TENGO CÓRNEA ARAÑADA PERO EN PRINCIPIO CURARÁ DENTRO DE 1 SEMANA Y OS VERÉ A TODOS EN TRAKAFEST CHICAGO EL PROX SÁBADO!!!

Leer aquello fue todo un alivio.
Aunque también me confundió. Por una
parte, no tenía ni idea de qué era eso de
«Combatientes del Amor».

PARVATI

¡Madre mía, Claude! Pero ¡¿cómo puedes

ser seguidora de Marcel en Trakas y no saber
lo que son los Combatientes del Amor?! ¡Son
sus superfans! Se llaman así porque Marcel
dice que el amor es lo más importante del
mundo. Y que, si lo quieres, tienes que
«combatir» por él.

O algo así.

CLAUDIA

O sea, que los Combatientes del Amor son
como la versión Marcel Mourlot de los krokettos.

PARVATI

¡Puaj! Eso de krokettos ¿qué es? ¡Suena
fatal!

CLAUDIA

No importa.

La primera vez que vi la traka de
Marcel creí que yo estaba a salvo. No solo
porque el daño era menor, sino porque no
parecía que fuera a presentar cargos.

Pero luego me puse a leer los
comentarios. Y me di cuenta de que los
Combatientes del Amor estaban sedientos de
sangre.

Concretamente de MI sangre.

2.743 comentarios [cargar más]

@AnnieGrz **OMG MARCEL ERES SUPERVALIENTE**

@combamor100 **HAY K ENCONTRAR A QUIEN LO HIZO**

@emilyhenk **Hay que vengar a Marcel!!!!!!!**

@CombatAmorNJ **YO ESTABA. TENGO UNA FOTO**

@emilyhenk **Foto de qué? No veo nada**

@CombatAmorNJ **SI LA AGRANDÁIS VERÉIS UNA COSA VOLANDO HACIA EL ESCENARIO**

@MarcelCombatAmor **Genial!! Podemos localizar a esa escoria malvada con todas nuestras selfies!**

@lil_guapi **Todos los q estabais allí colgad vuestras fotos!!!!!**

@MarcelCombatAmor **VAMOS COMBATIENTES DEL AMOR Entre todos localizaremos al hater y lo destruiremos**

CLAUDIA

Cuando vi todo eso casi me dio un infarto. Sabiendo que en la TrakaFest no había NI UNA SOLA PERSONA que no enfocara la cámara de su móvil hacia el escenario cuando lancé el pendrive, parecía solo cuestión de tiempo que alguien colgara una foto que me destrozaría.

Me pasé todo el sábado cargando los comentarios cada dos minutos y viendo cómo los Combatientes del Amor estaban cada vez cada vez más cerca de descubrir mi verdadera identidad.

COMENTARIOS DE TRAKAS

2.743 comentarios [cargar más]

@Akiestaflor **eh, gente, creo que es esta**

claramente mi cabeza

@combamor100 **OMG Es una chica! Q fuerte!**

@CombatAmorNJ **Q TODO EL MUNDO BUSQUE ENTRE SUS FOTOS UNA CHICA DE PELO OSCURO EN TRAKAFEST NY**

@antesBlblr **Mmmm… Eso son la mayoría d chicas en la TrakaFest NY**

@Akiestaflor **lleva camiseta de manga larga azul marino**

@Akiestaflor **y falda con estampado B/N**

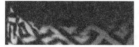

(AHORA NO PODRÉ LLEVAR ESTA FALDA NUNCA MÁS)

@CombatAmorNJ **COMBATIENTES DEL AMOR AL ATAQUE!!!**

@MarcelCombatAmor **Sí!!!! Se lo haremos pagar!!!!**

CLAUDIA

Estaba tan asustada con lo de los Combatientes del Amor persiguiéndome que cuando Carmen me envió un mensaje el domingo por la tarde casi había olvidado del todo mi apuesta con Athena.

CARMEN Y CLAUDIA (mensajería directa de ClickChat)

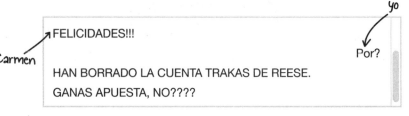

FELICIDADES!!!

Por?

HAN BORRADO LA CUENTA TRAKAS DE REESE.
GANAS APUESTA, NO????

CAPÍTULO 22
VICTORIA IN EXTREMIS

in extremis

CLAUDIA

Para empezar, yo ni me había enterado de que habían borrado por completo la cuenta de Reese en Trakas.

REESE

Yo tampoco. Los krokettos debieron de colgar un montón de cosas cutres que te mueres en mi página porque Trakas me cerró la cuenta. Lo mismo me pasó con la cuenta de ClickChat y mi padre tuvo que tirarse un montón de horas hasta que me la volvieron a abrir.

Y luego me dijo: «¿Tienes mucho interés en recuperar tu cuenta de Trakas? Porque estoy MÁS QUE harto de que me dejen dos horas en espera para poder hablar con el servicio técnico».

Y yo le dije: «¿Sabes qué? Olvídalo.
Paso».

Porque en aquel momento hubiera pagado
por no haber sabido nunca nada de Trakas.

CLAUDIA
Cuando supe que habían cerrado la cuenta
de Reese, lo primero que hice fue mirar con
lupa la apuesta original que habíamos acordado
Athena y yo.

Y lo único que decía era esto:

CUÁL ES LA APUESTA
ATHENA APUESTA CON CLAUDIA QUE AL TÉRMINO DE LAS CLASES DEL JUEVES 26 A LAS
14:55, REESE (@MONSTRUOFLIPAO) TENDRÁ MÁS SEGUIDORES EN TRAKAS QUE CLAUDIA
(@CLAUDAROO).

Y esto:

NORMAS
SI REESE HACE TRAMPAS, PONE SU CUENTA EN PRIVADO O HACE ALGUNA OTRA COSA PARA
QUE SU HERMANA GANE, CLAUDIA PERDERÁ AUTOMÁTICAMENTE LA APUESTA.

Pero NO decía NADA sobre lo que pasaría
si Trakas borraba la cuenta de Reese porque
los hackers la habían hackeado y habían
trakeado un montón de vídeos inapropiados.

(no sé muy bien de qué iban los vídeos,
pero seguro que eran nivel guarrada)

Así que me pasé el resto del domingo haciendo dos cosas: A) cargar una y otra vez los comentarios del Trakas de Marcel para ver si los Combatientes del Amor ya me habían identificado, y B) prepararme para una discusión MAYÚSCULA en la cafetería el lunes por la mañana.

Porque sabía que Athena no iba a rendirse sin pelear.

SOPHIE

La verdad es que se planteaba un dilema interesante: «¿Cómo se sabe cuántos seguidores tiene una cuenta que ha sido borrada?».

O, dicho de otra forma, «si un árbol cae en el bosque sin que haya nadie cerca, ¿hace ruido?».

PARVATI

¿Perdón? ¡CLARO que hace ruido! ¡Y CLARO que Claudia ganó la apuesta! Si tu cuenta desaparece, desaparecen tus seguidores.

CLAUDIA

Al final, Wyatt, el amigo de Reese, me dio un elemento de prueba clave para mi defensa.

WYATT

Yo había entrado en Trakas a partir de la apuesta y solo seguía a seis personas.

Cuando borraron la cuenta de Reese, mi Trakas decía que solo seguía a CINCO personas. Y Reese no era ninguna de ellas.

PÁGINA DE TRAKAS DE WYATT

0	2	⑤
TRAKAS	SEGUIDORES	SEGUIDOS

CLAUDIA

Dicho de otra forma, Wyatt y las otras 19.000 personas que seguían a Reese lo habían DEJADO de seguir automáticamente cuando Trakas le borró la cuenta.

Por tanto, si reactivasen su cuenta tendría cero seguidores.

Lo que quiere decir que yo había ganado.

ATHENA, la novia de Satanás

Lo siento, pero esa es la tontería más patética que he oído en TODA mi vida.

CLAUDIA

El resto de los compañeros de curso no lo vieron así.

ATHENA

Porque son idiotas.

CARMEN

Todo lo que pasó en la cafetería fue simplemente GENIAL. Como, por ejemplo, cuando Athena dijo que Reese había pedido a Trakas que borrara su cuenta a propósito.

REESE

Yo contesté: «¿De verdad crees que enviaría una foto de un perro haciendo caca con mi cara a toda la POBLACIÓN MUNDIAL solo para ayudar a mi hermana? ¡La quiero, pero no tanto!».

Sin ánimo de ofender, Claudia.

CLAUDIA

No pasa nada. De hecho, fue muy bien que dijeras eso.

También fue muy bien que yo no le reclamara a Athena los 1.000 dólares. No quería su dinero, solo quería cerrar el tema. Por eso me limité a decir que nadie había ganado y que se retiraba la apuesta.

Y cuando Athena dijo que eso era absurdo pedí que se votara a mano alzada entre todos los presentes.

CARMEN

Dijiste: «Que levante la mano quien crea que habría que retirar la apuesta». Y casi todos los que estaban en la cafetería levantaron la mano, menos Athena y las fembots.

Entonces Athena dijo que éramos unos idiotas y se fue furiosa. Fue perfecto.

CLAUDIA

Es verdad. Y hubiera sido un final muy bueno… si hubiera sido el final de la historia.

Por desgracia, no lo fue.

CAPÍTULO 23
DERROTA IN EXTREMIS

in extremis

CLAUDIA

Con la salida de Athena enfurecida de la cafetería, mi pesadilla con Trakas TENÍA que haber acabado.

Pero a Carmen le entró algo en el ojo.

CARMEN

Creo que solo era una pestaña. O sea, que no era nada serio. Lo que pasa es que acababa de empezar a llevar lentillas y, al frotarme el ojo, la lentilla se me fue a algún sitio raro. Como dentro del párpado o algo así.

CLAUDIA

Como Carmen empezó a ponerse nerviosa, Parvati, Sophie y yo la acompañamos al cuarto de baño de chicas para ayudarla con lo del ojo. Estábamos las cuatro frente a los lavabos y Carmen, mientras mantenía el párpado levantado para que Sophie buscara mejor, dijo: «¿Ves algo? ¿QUÉ TENGO AHÍ DENTRO?».

Y entonces Parvati hizo un chiste.

PARVATI

Dije: «¡A lo mejor es un pendrive!».

No me diréis que no tenía gracia.

CLAUDIA

No, ninguna. NADA de lo de que había pasado con Marcel tenía la menor gracia.

Pero yo debería haber ignorado a Parvati en lugar de enfadarme y hacerla callar. Porque Carmen y Sophie se dieron cuenta enseguida de que Parvati y yo teníamos un secreto. Y empezaron a presionar para que se lo contáramos absolutamente todo.

PARVATI

Solo una cosa: yo NO se lo habría contado si tú no me hubieras dejado.

CLAUDIA

¡Yo no dije que te dejaba! Lo que pasa es que tampoco dije que NO te dejaba.

En cualquier caso, Parvati acabó contándole a Carmen y a Sophie todo lo que había pasado en la TrakaFest. Incluido lo de que los Combatientes del Amor andaban buscándome.

Y Parvati a veces habla muy alto.

Y como cuando entramos al cuarto de baño teníamos una urgencia ocular, a ninguna se nos ocurrió comprobar por debajo de las puertas si había alguien más.

Alguien como, por ejemplo, una fembot.

CONVIENE BUSCAR SIEMPRE PIES ANTES DE HABLAR DE TEMAS CONFIDENCIALES EN EL BAÑO DE LAS CHICAS

SOPHIE

Total, que de pronto oímos una cadena de váter y aparece Meredith Timms con una enorme sonrisa diciendo: «¡PERO BUENO! ¡NO ME PUEDO CREER LO QUE ACABO DE OÍR!».

CLAUDIA

Hasta último curso de primaria, Meredith Timms era mi mejor amiga. Pero luego se volvió fembot y pasó de mí por completo y yo me quedé hecha polvo.

Aunque eso es otra historia. Solo lo cuento aquí por lo que le dije a Meredith en el cuarto de baño.

CARMEN

Dijiste algo así como: «Meredith, estoy en una situación MUY delicada y podría salir muy mal parada. Si alguna vez te importó ALGO nuestra amistad, deja que esto quede entre nosotras y no se lo digas a nadie».

PARVATI

Meredith se puso en plan: «¡Eeeer… buen…, ADIÓÓÓÓS!». Y salió corriendo del baño. Por cierto, sin lavarse las manos, qué ASCO.

CLAUDIA

Cuando Meredith salió corriendo del baño, pensé por un minuto que a lo mejor me guardaría el secreto.

SOPHIE

No sé por qué lo pensaste. Meredith se pasó por completo al Lado Oscuro.

CLAUDIA

Por desgracia, es cierto. Cuando llegué al pasillo donde tengo la taquilla, Athena y las fembots me esperaban con enormes y malévolas sonrisas.

Athena dijo: «Te propongo un trato, perdedora: tienes hasta las 4 de ESTA tarde para colgar una traka donde te declares la idiota más idiota del planeta… o iré a la Trakas de Marcel Mourlot y les contaré a los Combatientes del Amor quién eres y dónde vives».

Las fembots se echaron a reír como hienas y se fueron a clase.

FEMBOT RIENDO COMO UNA HIENA
(de hecho, es una hiena)

CARMEN

NO puedo creer lo malas que llegan a ser.

PARVATI

Creo que necesitan otro apodo. «Fembots» no es lo suficientemente malvado ni de LEJOS.

CLAUDIA

Aquella mañana en clase me fue prácticamente imposible pensar en nada que no fuera mi inminente caída. Tenía que elegir entre la humillación total o mi destrucción a manos de una masa indignada de desconocidos.

Sin embargo, si lo pensaba bien, lo de la humillación tampoco era ninguna solución. Aunque hiciera la traka, Athena siempre podría delatarme a los Combatientes del Amor cuando le diera la gana. Conociéndola, sabía que me haría chantaje toda la vida. Y yo no pensaba darle ese poder sobre mí. Ni hablar.

No me quedaba más remedio que arriesgarme con los Combatientes del Amor. Como Athena me había dado hasta las 4 de la tarde para colgar la traka, me quedaba algo de tiempo para intentar minimizar los daños. Era como cuando anuncian que vendrá un huracán. Al huracán no puedes pararlo, pero al menos puedes sellar las ventanas y esconderte en el sótano.

Lo que en este caso significaba borrar todas mis cuentas de redes sociales e intentar borrar todas y cada una de las fotos de mí que hubiera en Internet. Así no podrían encontrarme y convertir con Photoshop mi cara en caca de perro. (o peor)

Total, que cuando llegué a la cafetería a la hora del almuerzo les pedí a mis amigas que buscaran en sus páginas de ClickChat y borraran todas las fotos en las que saliera yo.

CARMEN

Nunca pensé en la cantidad de fotos mías en las que sales hasta que me pediste que las borrara. Iba a ser un trabajo ETERNO.

PARVATI

Era TANTO trabajo que te dije: «¿Por qué no le pides a Marcel que les diga a los Combatientes que se retiren? ¡Harán todo lo que les diga!».

CLAUDIA

La idea de Parvati me pareció muy buena.

PARVATI

De buena, nada. Es que me daba mucho palo lo de buscar entre todas mis fotos de ClickChat.

CLAUDIA

Ponerse en contacto con Marcel no era precisamente fácil. El único mail que había en su Trakas era el «comercial» y me parecía poco adecuado. Podía intentar enviarle un mensaje directo, pero, con 30 millones de seguidores, seguro que recibía montones de ellos.

Decidí hacer las dos cosas. Y deprisa, porque solo faltaban quince minutos para que se acabara el almuerzo.

Saqué el móvil y le mandé un DM a Marcel, luego lo copié y lo envié a su dirección comercial.

Querido Marcel:

Yo soy quien te hizo daño en el ojo en la TrakaFest del sábado.

¡¡¡¡Lo siento mucho, muchísimo!!!! Quería darte un pendrive con una canción mía, pero no pude acercarme lo suficiente y lo lancé hacia el escenario. ¡DE VERDAD que no quería hacerte daño! ¡Y menos en el ojo! Solo quería que escucharas mi música.

¡SIENTO mucho el arañazo en la córnea! Si me dices cuánto te costó el médico, buscaré la manera de devolvértelo.

No sé si has visto en los comentarios que un montón de Combatientes del Amor están intentando averiguar quién soy para destruirme.

Sé que en cierto modo me lo merezco, pero te estaría muy agradecida si les puedes decir que no se pasen conmigo. La semana pasada mi hermano recibió el ataque de unos krokettos y todos en casa pasamos mucho miedo.

Voy a borrar mi cuenta de Trakas dentro de unas horas, ¡¡¡pero espero que veas esto antes!!!

¡Perdón otra vez! ¡¡¡Espero que el ojo se haya recuperado!!!

Atentamente,

Claudia Tapper (@claudaroo)

CARMEN

Fue una disculpa excelente.

CLAUDIA

Gracias. La verdad es que después de escribirla me sentí mucho mejor. Aunque tampoco TANTO, porque no me podía quitar de la cabeza la masa indignada de los Combatientes del Amor. Aquella tarde comprobé una y otra vez mi Trakas entre clase y clase, pero no vi ninguna respuesta de Marcel.

Y según pasaba la tarde empecé a pensar en lo absurdo que había sido creer que Marcel llegaría a leer mi DM y a salvarme de los Linchadores del Amor.

Por eso, cuando Athena se acercó a mi taquilla al final de las clases y me dijo: «¿Vas a colgar la traka? ¿O voy a tener que echarte encima a los Combatientes?». Le contesté que esperara hasta las 4 y que entonces mirara mi Trakas.

Que no existiría a las 4, porque pensaba borrarla para siempre en cuanto volviera a casa.

Sin embargo, cuando llegué a casa, todo había vuelto a cambiar.

CAPÍTULO 24
EL FRANCÉS
ENTRA EN JUEGO

CLAUDIA

El mensaje de Parvati, que recibí mientras bajaba por West End Avenue hacia mi casa, fue la primera pista de que Marcel había recibido mi DM.

PARVATI Y CLAUDIA (Mensajes de móvil)

EOOOOOOOOOOOOOO!!!!!!!!

????

ERES FAMOSA!!!!!

OMG NO BORRES TU TRAKAS!!!!!!

CLAUDIA

Abrí Trakas y lo primero que vi fue que había ganado casi 1.000 seguidores nuevos.

Lo segundo que vi era que una de mis trakas de *Molino de viento*, colgada hacía semanas, de pronto había pasado de los 75.000 triks.

retrakeado por MarcelOficial
claudaroo   77.382 TRIKS

MOLINO DE VIENTO pt. 1 (de Claudia Tapper)

62 comentarios [cargar más]

@MarcelOficial EH COMBATIENTES DEL AMOR MIRAD EL VÍDEO DE @claudaroo CLAUDIA TAPPER ES GENIAL Y SERÁ UNA ESTRELLA Y CAMBIARÁ EL MUNDO SEGURO COMPROBADLO!!!

También me contestó al DM.

@MARCELOFICIAL A @CLAUDAROO

(Mensaje directo de Trakas)

> GRACIAS POR ESCRIBIR CON TANTA SINCERIDAD. ES PRECIOSO. SE NOTA QUE TIENES UN GRAN CORAZÓN
>
> Y TU CANCIÓN MOLINO DE VIENTO ES FANTÁSTICA!! ME ENCANTA, ACABO DE RTK UNA DE TUS TRAKAS
>
> MI OJO SE PONDRÁ BIEN, NO TE PREOCUPES
>
> Y NO TE PREOCUPES TAMPOCO POR LOS COMBATIENTES DEL AMOR. TODOS SON BELLOS Y SOLO QUIEREN LA FELICIDAD DE TODO EL MUNDO

PARVATI

¡DIOS MÍO! ¡¡¡MARCEL TE HIZO UN DM!!!

Deberías imprimir la captura y enmarcarla… ¡¡¡¡EN ORO!!!!

CLAUDIA

El resto del día —de hecho toda la semana— fue alucinantemente bien. En lugar de pasarlo intentando borrar todas las pistas de mi existencia en Internet antes de que los Combatientes del Amor pudieran destruirme, me dediqué a observar cómo mi traka de *Molino de viento* llegaba a los 2.000.000 de triks y mis seguidores a los 9.000.

También vi cómo Athena hacía el ridículo en los comentarios de Trakas de Marcel.

426 comentarios [cargar más]

@Akiestaflor esta canción es genial d verdad haz clic

@CombatAmorNJ VIDEO GUAY @claudaroo ME ENCANTA COMO CANTAS

Athena

@diosastupenda COMBATIENTES!!!! @CLAUDAROO ES LA PERSONA QUE HIZO DAÑO A MARCEL EN EL OJO EN EL TRAKAFEST!!!

@combamor100 hay celos?

@diosastupenda ES VERDAD VOY AL MISMO COLEGIO QUE ELLA LA FALDA B/N DE LA FOTO QUE @Akiestaflor COLGÓ ES ELLA SE NOTA POR FALTA ESTILO

@CombatAmorNJ @diosastupenda eso es imposible no ves que Marcel la acaba de RTK?

@Akiestaflor es absurdo y ni siquiera t conozco @diosastupenda

@diosastupenda COMBATIENTES QUE OS PASA???? @claudaroo ES CLAUDIA TAPPER DE NY Y ES LA QUE HIZO DAÑO A MARCEL TENÉIS QUE DESTRUIRLA!!!!!

@diosastupenda VA A COLEGIO CULVERT PREP Y SU DIRECCIÓN ES 437 WEST END AVENUE NUEVA YORK

@antesBlblr a ti qué te pasa @diosastupenda???? Estás enferma

@CombatAmorNJ sí, sal de este hilo @diosastupenda, eres una hater asquerosa

@MarcelCombatAmor @diosastupenda será q estás celosa pq @claudaroo es genial

@antesBlblr vuelve a la cueva, trol @diosastupenda

@diosastupenda SOIS TODOS IDIOTAS

EPÍLOGO

CLAUDIA

Por si os estáis preguntando si el retrakeo de Marcel significó que *Molino de viento* se volvió viral y lo escucharon millones de personas y fue un éxito mundial y lanzó mi carrera como cantautora famosa… no exactamente.

La traka que Marcel retrakeó consiguió millones de triks, pero la mayoría de los que la vieron no hicieron clic para escuchar la canción entera en MiTubo. A día de hoy unas 75.000 personas han visto mi vídeo *Molino de viento*.

¡¡¡YUP!!!   **76.167 Visitas**

¡Y eso es increíble! ¡Me hace muy feliz, de verdad! Y estoy muy agradecida a Marcel Mourlot, no solo por salvarme de un destino fatal seguro, sino por correr la voz sobre mi música. Aunque me he enterado de que retrakea a unas veinte personas o empresas al día.

COSAS QUE
MARCEL HA RTK
EN LAS ÚLTIMAS
24 HORAS:
-bebé lamiendo
 a un pitbull
-hombre cayendo
 del sofá
-3 cantautores
 (1 muy bueno, 2 ok)
-4 cómicos
 (2 graciosos)
-5 anuncios
 de bebidas energéticas
 (seguro que por
 esto le han pagado)
-una mujer eructando
 el himno nacional

El caso es que 75.000 visualizaciones en MiTubo parecen muchas pero… hay TANTA gente en Internet que eso no es nada. Por ejemplo, mi profe de guitarra, Randy, lleva años colgando sus canciones en MiTubo. La más popular tiene DIEZ VECES más visualizaciones que *Molino de viento* y SIGUE sin ser un éxito.

RANDY

Mira, guapa, estoy más que ORGULLOSO de ti. ¡75.000 visualizaciones en tu estreno es un comienzo alucinante! Pero no olvides que yo, con *Corazón oxidado*, llegué a las 900.000 y aquí sigo, enseñando guitarra a chavales de doce años. Hay que darle perspectiva.

O sea que continúa escribiendo canciones que hagan flipar en colores al personal.

CLAUDIA

Lo haré, Randy. Gracias por creer en mí.

Y, ya que estoy de agradecimientos, también quiero citar a mi hermano por dejarme entrevistarlo sobre lo que ha sido básicamente la peor experiencia de su vida.

(y poner fotos embarazosas de perros)

REESE

Lo pasé bastante mal un tiempo. Pero al final los krokettos se cansaron y empezaron a meterse con otro. Ahora ya está todo bien. Menos lo de poner fotos mías en ClickChat, porque a los 30 segundos alguien convierte mi cara en un meme de caca de perro.

Y, además, Xander dejó de hablarme un par de días porque mamá llamó a la señora Billington y le contó lo que había pasado.

XANDER

¡Chivarte así fue DÉBIL, man! ¡Mi supervieja me dio fuerte y duro! ¡Me quitó el móvil tres días enteros!

CLAUDIA

¿Tres días sin móvil? ¡Después de todos los problemas que le causaste a Reese! Xander, eso no es NADA duro. Ni fuerte.

REESE

Es verdad, tío. Eso es lo contrario de duro.

XANDER

Iba a ser un mes. Pero mi supervieja no puede enfadarse con su X-Boy. Sobre todo cuando le dije: «¡Man, he sacado una buena lección de esto!».

CLAUDIA

¿De verdad? ¡Pero si todo este libro va sobre lecciones! ¿Qué lección sacaste tú?

XANDER

¡¡¡¡NO HAY QUE CHIVARSE!!!!

NO ES UN CONSEJO BÁSICO DE INTERNET

CLAUDIA

Gracias, Xander. Nos es de gran ayuda.

(sarcasmo)

REESE

¿Sabes lo que da miedo de verdad de Internet? Pues que me paso, no sé, media vida ahí y resulta que no tengo NI IDEA de cómo funciona.

Y me parece que papá y mamá aún tienen menos idea.

NUESTROS PADRES (Mensajes de móvil)

> Príncipe nigeriano me acaba d ofrecer 100.000 $ si le ayudo a sacar su dinero del país

Sabes q es una estafa, verdad?

> Claro

> No soy tan tonto

> Además el vínculo del mail no funcionaba

POR FAVOR DIME QUE NO HAS HECHO CLIC EN EL VÍNCULO

Mi padre hizo clic en el vínculo, le entró un virus, tuvo que comprar portátil nuevo y cambiar números tarjetas de crédito ☹ ☹ ☹

CLAUDIA

Bien dicho, Reese. Es verdad y da miedo. Yo tampoco sé en realidad cómo funciona Internet.

REESE

Podríamos hacer un pacto en plan, por ejemplo, no conectarnos NADA hasta que sepamos cómo funciona.

CLAUDIA

Buena idea. Pero… si no nos conectamos, no podemos googlear «¿Cómo funciona Internet?».

Y entonces ¿cómo averiguaremos cómo funciona Internet sin Internet?

REESE

¡Tíoo…! Esto pinta muy difícil.

SI ENTIENDES CÓMO FUNCIONA INTERNET,
ESCRÍBENOS A:

CLAUDIA (Y/O REESE) TAPPER
C/O LITTLE, BROWN BOOKS FOR YOUNG READERS
1290 SIXTH AVENUE
NEW YORK, NY 10104
U.S.A.

¡¡¡GRACIAS POR LEERNOS!!!

AGRADECIMIENTOS ESPECIALES

Eliav Malone, Aden Malone, Liz Casal, John
Hughes, Allegra Wertheim, Andy White, Nadia
Vynnytsky, Brittney Morello, Trevor Williams,
Daniella Sarnoff, John Malone, Jim Conant, Mike
Thruman, Ali Benjamin, Tal Rodkey, Ronin Rodkey,
Rahm Rodkey, Dafna Sarnoff, Andrea Spooner, Russ
Busse y Josh Getzler.

GEOFF RODKEY

El autor ←

Ha trabajado como guionista en cine y televisión, y ha escrito libros, aunque también revistas, monólogos humorísticos para teatro y hasta discursos para dos senadores norteamericanos. Su experiencia como guionista de películas cómicas, episodios para *Beavis y Butt-head* o series de Disney Channel, le da un punto de humor a toda su obra, que le ha valido una nominación a los premios Emmy. «Los gemelos Tapper» es la segunda serie de libros que escribe para niños.